U0140962

主任医师教你吃

肾脏病
饮食调养

● 舒贵扬 编著

福建科学技术出版社

目　录

一、肾脏病的基本常识

二、肾脏病的饮食常识

三、各种肾脏病的饮食调养

四、肾移植患者的饮食调养

五、透析患者的饮食调养

六、与肾脏病饮食有关的问题

一、肾脏病的基本常识

　　肾脏位于腹膜后脊柱的两侧，左右各一，形似蚕豆。正常成年男性的肾脏平均长 10 厘米、宽 5 厘米、厚 4 厘米，平均重量为 134～148 克；女性肾脏的体积和重量均略小于同龄的男性。

　　肾单位是组成肾脏结构和功能的基本单位。每个肾单位是由肾小体和与之相连的肾小管（近端肾小管、髓襻和远端肾小管）组成。每一个肾脏约有 100 多万个肾单位。肾小体是由肾小球和肾小囊组成，是形成原尿的主要结构。

（一）肾脏的功能

　　肾脏是人体重要的净化部门。人体通过肾脏产生的尿排出机体所不需要的有害物质及废物。电解质如钠、钾、磷、镁、氢离子、酸根离子之类在血液和体液内总要保持一定的浓度，过多的电解质必须通过尿液排出。因此尿的成分除水外，尚有蛋白质分解产物——尿酸和尿素物质、电解质及已进入人体内而又不起作用的药物和毒素。显而易见，肾脏在调节体内各种物质含量时，留下有用的成分，而通过尿液排出无用或过多的成分，使血液和体液保持一定的浓度、渗透压和酸碱度（pH值）的稳定。

肾脏的净化装置是肾单位。肾单位中的肾小球对血液起过滤作用。肾小球将血液中的血细胞及血浆蛋白等比蛋白质分子量大的颗粒物质，与比蛋白质分子量小的小颗粒物质区别开来。小分子颗粒与水分一起滤过，这就形成原尿。原尿经过肾小管、髓襻和远曲小管到达集合管。这时原尿才成为真正的尿液，经过肾盂、输尿管流入膀胱。

1. 肾脏具有滤过及浓缩稀释作用

一天内通过肾小球的原尿大约有 150 升，但最终形成的尿液约 1.5 升，因此通过肾小管的小分子物质及水分大约有 99% 是经过多次再吸收的。首先，原尿流经近曲小管时，水分和 80% 的钠要被重吸收；再流至 U 形的髓襻时，离子及水分被浓缩；最后通过远曲小管，根据体液渗透压的大小，将进行水分和电解质的调节，在这里才形成最后的尿液。近曲小管除了对水与钠的重吸收外，对原尿中的其他小颗粒物质（如葡萄糖、氨基酸、磷酸盐、重碳酸盐、钙等）也随着钠的重吸收而重吸收。

2. 肾脏有调节血压的作用

肾脏为了保持内环境的稳定，要对水分与钠的含量进行调节，与此同时，也起了调节血压的作用。肾小球毛细血管壁上有许多细小的空隙，这些空隙可过滤水分和排泄物。过滤水分和排泄物是需要一定压力的，肾小球内要保持相当于动脉血压 70％ 的压力才能确保一定的过滤流量。但如果动脉血压降低或流入肾小球的血液流量减少，过滤流量也会减少。因此，肾小球入球小动脉血管壁上分泌一种物质（肾素）使血管收缩并增高血压。肾素可进一步衍化为血管紧张素及醛固酮，促使近曲小管对钠的再吸收，并使钾的分泌增加，最终达到升高血压的目的。在动脉血压较高或血流量增大的情况下，也可抑制这种物质的分泌。肾脏同时也分泌前列腺素、内皮素、激肽释放酶、利钠因子（心房肽）等血管活性物质，这些血管活性物质对血压的调节起着举足轻重的作用。

3. 肾脏有造血功能

肾脏尚有造血功能。肾脏可分泌一种名为促红细胞生成素的内分泌激素，它可刺激骨髓生成红细胞。这种激素在人体缺氧时可大量分泌，而在肾脏受损、肾功能减退时分泌便减少，造成肾性贫血。因此，在肾脏癌肿或尿道梗阻肾积水早期，由于肾脏组织缺氧、缺血，血液中红细胞就会增多，而形成红细胞增多症；而若肾功能不全并恶化，则会导致重度贫血，且贫血的程度随肾功能衰竭的加重而加重。这一切均说明肾脏中分泌的促红细胞生成素对保持血液红细胞浓度起着关键的作用。20 世纪 80 年代人们已分析出这种激素的分子构造，并且利用遗传因子组合法大量地进行人工合成。这种重组基因的促红细胞生成素已广泛应用于治疗肾性贫血，成为治疗慢性肾功能衰竭所致的肾性贫血的特效药。

4. 肾脏能产生活性维生素 D

维生素 D 可以促进肠道中钙质的吸收，增加血液及骨结构中钙的成分。但一般的维生素 D 不容易进入体内被人体所利用。在肾脏里，维生素 D 可在肾小管分泌的 1α-羟化酶作用下，通过化学作用演变成一种具有活性的特殊维生素 D，才能被肠道吸收利用。同时肾脏还关系到影响血液钙质浓度的磷的代谢，通过肾小管对磷的重吸收，使血液钙与磷的乘积达到 40，间接地调节骨骼的新陈代谢。

（二）肾脏疾病常见的临床症状

肾脏受外来各种致病因素（细菌、病毒、原虫、药物、金属盐类及血流动力学等）侵害，其结构及功能也会受影响而发生病变，致使在临床上产生各种症状。肾脏疾病通常不表现为发生疼痛及排尿异常，而仅有尿液的成分或量的异常、高血压或浮肿等症状及体征，不通过检查是不易被察觉的，而且在这种不易察觉的情况下，病情趋于恶化也很常见。

初期的症状通过一般的健康检查也能被诊断，同时，为了早期发现肾脏疾病应进行定期的体检，在出现症状的初期就及时地进行诊断，有利于肾脏病的防治。

1. 蛋白尿

肾脏最重要的功能就是产生尿液，肾脏受侵害后首先必然发生尿液的变化。所谓蛋白尿即尿液中出现人体血液内各种成分的蛋白质。蛋白尿的出现是肾脏疾病最常见的症状之一。如前所述，肾脏有滤过功能。肾小球的基底膜只能滤过比蛋白质分子量小的各种成分，即比蛋白质分子量大的颗粒是不能被过滤出来的。因此在尿液中是不含蛋白质分子的（严格地说，健康人尿液中会有微量的蛋白质，但在普通的尿液检查中并不能被发现，24 小时尿蛋白小于 150 毫克）。尿液中出现蛋白质，则提示肾小球基底膜受损，过滤功能发生异常。

判断是否有蛋白尿，只通过 1～2 次尿液检查是无法确定的，需多次反复地检查发现阳性，或测定 24 小时尿中发现蛋白大于 200 毫克以上，才可初步判定为蛋白尿。

蛋白尿也可出现在一些生理状态下，如高热患者、剧烈运动时。这是由于在上述情况下，流至肾脏内的血液大量增加，形成一过性蛋白尿。部分青春发育期青少年，可发生直立姿势时出现蛋白尿、卧位时尿蛋白消失，且无高血压、浮肿及血尿等异常表现。

排除生理状态下所形成的蛋白尿，且 24 小时尿蛋白大于 200 毫克以上，则被认为是病理性蛋白尿，应怀疑为肾实质受损所致，最常见于肾小球肾炎、肾病变、肾盂肾炎、糖尿病肾病、高血压肾损害及胶原性肾小球损害性疾病。

2. 血尿

临床上的血尿可分为两种：一种是肉眼可见的血尿，或呈鲜红色，或为暗红色混浊尿，或呈现淡红色；另一种用显微镜检查才能观察到血液红细胞在尿中出现，称为显微镜下血尿。健康人尿中有少量红细胞，正常人红细胞仅 $0\sim2$ 个/高倍视野，若大于 3 个/高倍视野则称为血尿，表明肾或/和尿路有异常出血。

根据尿中红细胞的形态变形情况，血尿又分为肾小球性血尿及非肾小球性血尿。

肾小球性血尿提示肾小球受损，多见于肾小球肾炎、遗传性肾炎。非肾小球性血尿提示尿路有出血现象。引起尿路出血的原因很多，约 98% 是由尿路本身疾病所引起，2% 由全身或尿路邻近器官病变所致。引起血尿的内科疾病主要为原发性或继发性肾小球肾炎、遗传性肾炎、肾结核、尿路感染及多囊肾，外科疾病有尿路结石、肿瘤及创伤。全身出血性疾病常伴有血尿，剧烈运动也能引起血尿。

3. 白细胞尿

正常尿中可见少量白细胞，男性小于 2 个/高倍视野，女性小于 4 个/高倍视野；或每小时白细胞排泄率男性少于 7 万个，女性少于 14 万个。尿中出现大量白细胞提示尿路有炎症，如肾盂肾炎、膀胱炎、尿道炎、前列腺炎、精囊炎，此外还可见于肾结核、肾肿瘤等。泌尿生殖系组织和器官感染也可见尿中有白细胞。

4. 水肿

水肿是肾炎的主要症状之一，根据不同病情、病因，水肿程度也有所不同。急性肾小球肾炎的早期，仅于清晨起床时有眼睑及颜面水肿，以后发展为全身性水肿。肾病综合征时，由于长期从尿中丢失大量蛋白，导致低蛋白血症，水肿常较明显，可遍及全身，并可伴有胸水、腹水。肾功能低下所导致的肾功能不全，因为人体不能很好地调节水分而出现水肿，同时如果有尿量减少，可能有发展为尿毒症的危险。

5. 高血压

如前所述，肾脏是血压的控制及调节中心，因此，伴随着肾脏病的发生，通常也会有高血压的症状，临床称为肾性高血压。特别是急性肾炎、慢性肾炎、慢性肾盂肾炎、多囊肾、肾动脉硬化等常伴有高血压的发生。

伴有高血压时，肾脏病可能进一步恶化。因高血压可导致动脉硬化，其中不只是心脏和脑动脉硬化，肾脏的细小动脉也可能发生硬化，导致肾脏的血流量减少，使肾功能进行性下降。当然心脏和脑动脉硬化有可能发生脑出血和心肌梗死，因此，发生肾性高血压时用药物进行控制是非常必要的，这也是延缓肾功能衰竭进展的重要手段。

此外，即使肾脏有时没有异常，但因长期动脉硬化导致肾动脉狭窄，也可引起高血压，这称为肾血管性高血压。早期进行血管成形术修复已狭窄的肾动脉，此类高血压是可完全治愈的。

6. 尿量异常

正常尿量与出汗及摄入水分量有关。出汗多，摄入水分少，尿量则减少，尿比重及尿渗透压则增高；出汗少而摄入水分多，尿量则增多，尿比重及尿渗透压降低。这是由于肾脏根据人体内水分的多少，改变渗透压来调节尿液的多少及浓度（渗透压）。

正常人平均每日的尿量，男性为 1 500～2 000 毫升，女性为 1 000～1 500 毫升。每日尿量小于 400 毫升称为少尿，小于 100 毫升称为无尿，每日尿量多于3 000毫升称为多尿。

少尿及无尿患者多见于急性肾功能衰竭或尿毒症的终末期，或尿路梗阻；而多尿患者多见于慢性肾衰竭失代偿期、糖尿病、尿崩症患者。若患者每日尿量少于1 500毫升，且尿渗透压低，则提示患者伴有肾功能不全。

7. 排尿异常

正常人在正常餐饮下，白天尿量大于夜间尿量，12小时夜间尿量应小于 750 毫升或小于白天尿量的 1/2。若夜间尿量大于白天尿量，或大于 750 毫升，提示有早期肾功能不全。因为肾脏通过肾小球滤过、肾小管重吸收调节水与电解质的平衡。大量饮水时，肾小球滤过加强，肾小管重吸收减少，尿量增多，比重降低；饮水量少，肾小管重吸收加强，肾小球滤过率减少，尿量少而比重增高。当肾实质损伤，早期肾小管受损时，肾小管重吸收功能障碍，浓缩及稀释功能受损，产生夜尿增多，尿比重降低。

尿频、尿急、尿痛伴每次排尿量少提示尿路有炎症。尿频是指排尿次数增加（正常人平均白天排尿 4～5 次，夜间排尿 0～2 次）。尿急是指一有尿意即要排尿，常常出现尿失禁。尿痛是由于排尿时痛损部受刺激产生疼痛或烧灼感。

8. 尿潴留

尿潴留是指由于排尿障碍致尿液停留于膀胱内的情况，易合并尿路感染。因此对尿潴留患者应找出病因，予以适当处理。尿潴留病因有局部因素。如尿道炎症、外伤、结石和异物均可引起尿道部分或完全梗阻。前列腺肥大及肿瘤亦可引起尿潴留。也可由于神经因素造成尿潴留。无论上运动神经元或下运动神经元损伤部分都会引起排尿功能障碍，称神经质性膀胱。这是尿潴留最常见的原因。

9. 尿失禁

尿失禁是指尿液不自主地从尿道流出。正常情况下，人体靠膀胱逼尿肌与膀胱括约肌之间的张力平衡来维持膀胱有节制的排尿功能，一旦某种因素打破这平衡，将导致尿失禁。常见原因有尿道、膀胱的急慢性炎症、结石、结核和肿瘤，以及分娩、外伤骨折和手术等造成尿道括约肌损伤。

（三）肾脏病的实验室检查

肾脏病很少有自觉症状，而更多的是通过实验室检查才发现异常，因此，为了及早地发现并进行准确的诊断与治疗，定期的实验室检查对预防是非常重要的。

1. 尿液检查

尿液是泌尿系统排泄的代谢产物，也是维持机体内环境相对稳定的终末产物。尿液检查是诊断肾脏病的必要步骤，也是肾脏病疗效观察及预防的主要方法。

（1）尿标本的收集：通常以清晨第一次尿标本最理想。因晨尿较为浓缩、偏酸性，有形成分相对多而且比较完整，无饮食干扰，不影响尿液化学测定。尿标本量一般只需 20 毫升。尿标本容器必须清洁、干燥，女性患者需清洗外阴，男性包茎者应将包皮翻开洗净。均留中段尿。

（2）尿液检查的主要内容：①肉眼检查：观察尿液有无混浊、颜色。②定性检查：尿的酸碱度、渗透压的测定，尿蛋白，尿糖、尿潜血反应，尿胆质的测定。尿沉渣观察有无红细胞、白细胞、上皮细胞、管型、细菌、结晶等。③定量检查：测定 24 小时尿量及白天与夜间的尿量，尿中的尿素、肌酸、尿酸等蛋白质的分解产物，钠、钾、钙等电解质、氨基酸等物质的定量。24小时尿量同时可测定尿蛋白及尿糖排泄量，以便了解病情的严重度。

正常人尿液的蛋白含量甚微，每 24 小时仅 20～80 毫克，常规定性呈现阴性反应。蛋白含量每 24 小时超过 150 毫克时称为蛋白尿。

此外，正常人每天由尿排出游离氨基酸 1.1 克、结合氨基酸约 2 克。尿氨基酸排泄量直接受食物蛋白质摄入量影响。氨基酸尿是指尿排出一种或数种氨基酸的量超过正常范围。引起氨基酸尿的原因绝大多数属于遗传性疾病，也有因药物或毒物肾损害引起。

从尿中排出的糖主要是葡萄糖，亦可见少量乳糖、半乳糖、果糖和五碳糖。尿糖量取决于血糖浓度，并受肾小球滤过率和肾小管对糖重吸收能力的影响。糖尿病病人血糖增高，超过肾阈时，从肾小球滤过的糖超过了肾小管的重吸收，尿糖阳性；而肾脏疾病致近端肾小管重吸收障碍，血糖正常，尿糖也阳性，称为肾性糖尿。

2. 血电解质的测定

（1）钾：正常值为 3.5～5 毫摩尔/升。血清钾的变化是最能反应肾功能不全病症的指标。当肾功能下降 20％时，血清钾就容易上升。当血清钾＞5.5 毫摩尔/升时，会引起肌肉与神经的麻痹，特别是给心脏带来传导阻滞。当血清钾大于 6.5 毫摩尔/升时，心电图将产生异常，最终导致心脏骤停。肾功能不全时，也容易引起低钾血症，而低钾血症能进一步使肾小管变性，肾功能进一步下降，所以肾脏病患者要不断监护血清钾水平，及时纠正。

（2）钠：正常值为 135～145 毫摩尔/升。钠与钾相·

反，它是细胞外的血浆或细胞间的体液中大量存在的游离离子，而且正常值被限定在很小的范围里。摄取的盐分约10%通过汗排掉了，还剩近90%要通过尿液排泄出去，因此肾功能减退必然导致钠离子的潴留、血浆钠离子的增多，必然导致水分吸收增加，从而临床上仅出现浮肿，而血浆钠浓度变化不大。

(3) 钙：正常值为2.2～2.7毫摩尔/升。钙离子在体内大部分存在于骨骼与牙齿中，血浆中只存在一小部分。肾功能减退时，肾脏所产生的活性维生素 D 减少，从而使肠道对钙的吸收减少，血浆中钙浓度自然下降，形成低钙血症，造成骨骼及牙齿的钙离子释放于血浆中，使骨骼及牙齿内钙含量减少，导致骨软化症或骨质疏松症。

(4) 磷：正常值为0.96～1.62毫摩尔/升。磷摄取量的约60%通过尿液排出。当肾功能低下时，尿中磷排出减少，血中磷浓度增高，造成高磷血症。高磷血症要在肾功能减退50%时才会发生。高磷血症更加促使低钙血症的发生，因此饮食上要限制磷的过多摄取，尽可能增加钙的补充，并与服用活性维生素 D 相结合来控制磷的摄取。

3. 肾功能的测定

(1) 肌酐：正常值：男性，血清88～135微摩尔/升 (1～1.5毫克/分升)，全血88～177微摩尔/升 (1～2毫克/分升)；女性，血清88～114.4微摩尔/升 (1～1.3毫克/分升)，全血88～135微摩尔/升 (1～1.5毫克/分升)。

肌酐是肌酸代谢的最终产物，由外源性和内生性两类组成。人体每天的内生肌酐量相当恒定。肌酐经肾小球滤过后不被肾小管重吸收。肾小球早期或轻度受损，血肌酐正常，而当肾实质性损伤较重、肾小球滤过率降低时，血肌酐升高，故血肌酐测定对晚期肾病临床意义较大。值得注意的是，这个值的变化与个人的肌肉发达程度成正比。也就是说，肌肉较发达的人数值偏高，肌肉不发达的人数值就会偏低，单纯地将两人的数值对比来判断健康状况是没有意义的。

（2）尿素氮：正常值：成人，3.2～7.1毫摩尔/升（9～20毫克/分升）；儿童，1.8～6.4毫摩尔/升（5～18毫克/分升）。

尿素是蛋白质的代谢产物，与肌酐的主要区别是它将因摄取食物的不同而有很大的波动。在正常情况下，血中尿素氮主要经肾小球滤过而随尿排出。当肾小球滤过率降低时，血中浓度增高，如果与肌酐结合起来，就可以被用来判断是肾功能不全，还是蛋白质的过分摄取，或热能补充不足、水分不足等因素引起。血尿素氮水平受多种因素影响，特别是与摄入蛋白质有关，因此，不能单独作为衡量肾功能损害轻重的指标。

（3）尿酸：正常值：男性，150～420毫摩尔/升（2.5～7.0毫克/分升）；女性，90～360毫摩尔/升（1.5～6.0毫克/分升）。

尿酸是构成蛋白质的各种氨基酸的代谢产物，大部分由尿中排出。当肾功能低下时，血中尿酸就会上升，血尿酸经肾小球滤过后，90%在肾小管被重吸收，故其清除率甚低。正常肾能使肌酐浓缩100倍，而尿酸仅浓缩 20 倍,故从肾排出尿酸较难。在肾病早期,血尿酸首先表现为增加,因而有助于早期对肾功能的诊断。高血尿酸不仅会引起痛风,而且能导致心脏或脑血管系统的障碍、高血压病等,并造成肾功能的进一步下降。

尿酸是从嘌呤类化合物中分解转化的,所以过多地摄取含有嘌呤类物质的食物,会使血尿酸浓度上升。

(4) 内生肌酐清除率:正常值:(100±10)毫升/分。

由于肌酐是肌肉中蛋白质代谢产物之一,内生肌酐的产生较稳定,人体肌肉以每分钟 1 毫克的速度将肌酐排入血中,因此以内生肌酐的产生量经过肾小球的滤过,进行测定肾小球滤过率的方法简单、可靠性大。随着肾小球功能的减退,肌酐的清除率也随之下降。当然肌酐大部分是从肾小球滤过,其中 1% 从肾小管分泌而出,所以测出肌酐清除率会稍高于实际肾小球滤过率(GFR)。

(5) 双肾 GFR(肾小球滤过率):正常值:(90±10)毫升/分。

(6) 尿浓缩稀释功能:肾通过肾小球滤过、肾小管重吸收以调节水及电解质的平衡。大量饮水时,肾小球滤过加强,肾小管重吸收减少,尿量增多,尿比重降低,此为肾的稀释功能;饮水量少,肾小管重吸收加强,肾小球滤过减少,尿量少而比重增高,这是肾的浓缩功能。当肾实质损伤时,上述功能减退。

参数值:①尿量。日尿量大于夜尿量[(3~4):1];12 小时夜尿量小于0.75升。②尿比重。夜尿与日尿最高一次尿比重应大于1.018,最高与最低比重差小于0.009。

早期肾功能不全：夜尿量大于0.75升，夜尿量大于日尿总量；肾浓缩功能不全，最高尿比重小于1.018，最高与最低比重差小于0.009；稀释功能不全，日尿比重恒定在1.018以上，常见于急性肾炎、肾梗阻性充血及出汗过多等。

二、肾脏病的饮食常识

　　肾脏是废物排泄之路，人体三大营养要素——脂肪、糖（碳水化合物）、蛋白质的代谢产物均需通过肾脏排出体外。但脂肪和糖类在体内代谢后生成碳酸及水，碳酸通过呼吸排出体外，水将合成尿液排出体外。蛋白质经过一系列分解代谢后，再经过体内各种激素及酶而合成自身体内的蛋白质及激素。成年人体内每日蛋白质的合成与分解量相等，即蛋白质代谢处于动态平衡状态。因蛋白质为含氮物质，故机体合成蛋白质时须利用食物中的氮。人体进食过多的含氮物质或营养不良分解自身的肌肉蛋白时，必将造成机体蛋白质营养不良，产生过多的代谢产物，必须经过肾脏排出体外。在肾功能正常或肾脏未发生疾病时，过多的代谢产物均可通过肾脏排出体外。但如果肾脏发生病变或肾功能受到损害，排泄功能就会发生障碍，体内的废物就会一天天积存起来，造成氮质产物体内潴留，其结果破坏了内环境的平衡，加重疾病的发展，最终将导致机体死亡。

（一）肾脏病饮食的营养要求

1. 肾脏疾病与蛋白质

蛋白质是人体重要的组成成分。机体内的蛋白质按功能分为三大类：①肌肉蛋白质。是人体贮备的蛋白质，为合成内脏蛋白和能量供给的来源。②内脏蛋白质。包括各种酶、激素、循环中的蛋白质等，在体内更新最快，为每日更新蛋白质的主要部分，与肌肉蛋白质的代谢处于平衡状态。③胶原和弹力硬蛋白。占人体蛋白质的 1/2，更新慢。

营养不良（包括热能及蛋白质不足）时，肾脏明显变小，重量明显降低，血浆肌酐水平因肌肉蛋白减少而降低。血尿素氮因蛋白质入量减少及分解代谢较慢而降低。营养不良及低蛋白饮食均可使肾小球滤过率（GFR）下降。GFR 降低可能系肾组织减少所致。营养不良患者可发生多尿、夜尿增多、尿比重低。因患者的钠排泄分数变化很小，若再给予补充过量盐，可出现明显的水、钠潴留。

高蛋白饮食可使肾脏体积增大，GFR 可增加，而此高灌注、高滤过状态促进肾小球硬化。高蛋白饮食引起以上变化，可能与机体内许多组织器官内分泌素的变化有关，通过肾脏局部前列腺素、肾素、血管紧张素系统的作用而引起。

综上所述，低蛋白饮食对正常人或肾病患者的肾脏大小、功能有影响，高蛋白饮食对肾脏亦无益而有害。但是，蛋白质又是人体不可缺少的基础物质之一，机体缺乏蛋白质也会产生很多问题。所以如何掌握适当的蛋白质入量，尤其对不同年龄和不同肾功能变化的肾脏病患者而言是一个非常重要的问题。

血液内的尿素氮、尿酸及肌酐都是体内不需要的氨基酸分解产物，称为含氮化合物。如果这些物质不能通过肾脏排出体外，积存在血液中，则形成高氮质血症，发展下去就变成尿毒症。为了不引起高氮质血症，防止尿毒症的发生，应不让氨基酸残留于体内，因此需要控制蛋白质的摄取。

人体在基础代谢状态下，每千克体重需要104.5千焦（即 25 千卡①）热能，每4.18千焦（即 1 千卡）热能需要消耗 2 毫克氮（每 100 克蛋白质含氮 16 克，即 1 克氮相当于6.25克蛋白质），即称为机体最低氮消耗。故体重 70 千克的正常人，每日氮的最低需要量为3.5克，相当于 22 克蛋白质。但这里指的是所食入的蛋白质 100％能被吸收利用的情况。如所进食的蛋白质的营养价值为 70％，则每千克体重需要0.5克；如营养价值为 50％，则每千克体重需要0.7克。所谓蛋白质的营养价值，即蛋白质所含的必需氨基酸与非必需氨基酸之比。蛋白质中含必需氨基酸多，则为营养价值高的优质蛋白质。动物蛋白质一般为优质蛋白质。蛋白质中含必

---

① 1 千卡=4.184千焦。1 千焦＝0.239千卡。
为方便医学公式计算，本书使用千卡作为热能单位，下文不再一一标注二者间换算关系。

需氨基酸比非必需氨基酸少的，则为营养价值低的蛋白质。植物蛋白质一般为营养价值低的蛋白质。一般认为成年人每日每千克体重应进食 1 克蛋白质，其中 1/5 应为优质蛋白。将一般蛋白质控制在界限内，另 50% 尽量摄取优质蛋白，这并不是一件简单之事，需平时多关注生活中的饮食问题。

正常成年人无特殊情况下，在摄入足够热能时，每日氮的出入量应相等，即处于氮平衡状态。

入氮量 ┌ 组织蛋白合成(同时也在分解)
├ 剩余者作热能消耗 ┐→尿氮→肾脏排出 ┐ 出氮量
└ 未被吸收者(包括肠道分泌物中的氮)→粪氮→大便排出 ┘

皮肤排氮量很少，每日约 254 毫克。汗液、毛发、指甲丢失的氮亦很少，通常忽略不计。

值得注意的是，一种蛋白质只要缺少一个氨基酸，就不可能被合成。大部分的氨基酸可在体内生成，而只有少部分的氨基酸需要从外界摄取，这就是前面提到的必需氨基酸，即赖氨酸、色氨酸、苯丙氨酸、亮氨酸及异亮氨酸、蛋氨酸、缬氨酸、苏氨酸 8 种。如果没有这 8 种必需氨基酸，不要说合成蛋白质，就是已有的蛋白质也会因它们的缺少而变为含氮化合物而被排出体外。当肾功能低下时，排泄量必然减少，体内的废物就会积存，最终导致高氮质血症。

2. 热能的摄取

热能的不足会导致与蛋白质不足相同的结果。生命的维持需要热能，热能不仅为机体的活动提供动力能源，而且还被用于制造蛋白、激素、酶等物质，而且对细胞膜的工作、改变细胞外环境、保持体内平衡都起着至关重要的作用。

热能的来源主要是糖（碳水化合物）和脂肪。当糖类物质不足时，机体就会动用体内贮存的脂肪及自身的蛋白质进行分解，摄取热能，以维持生命的需要。废弃物大部分通过二氧化碳经呼吸排出体外，而小部分通过水（一日约 200 毫升）由肾脏、皮肤、粪便等排出体外，因此肾功能低下时，不要限制热能的摄取。热能的摄取对于肾脏病患者而言是绝不可少的。

摄取热能不足会导致体蛋白的分解，结果与上述的蛋白质摄取不足是一样的，会招致高氮质血症。体蛋白的分解必然导致体细胞的分解，细胞内的钾会流入血液，最终形成高钾血症。高钾血症是尿毒症主要死亡因素之一，可导致心律紊乱、心脏骤停。实际上，高钾血症不是因为食物中摄取钾过多，而是因为摄取的热能不足而造成的。

因此在肾脏病的饮食疗法中，控制蛋白质摄入的同时，充分摄取热能是十分必要的。从理论上讲，如果充分地摄取热能，又将蛋白质的摄取控制在最低限度时，对病情是最有利的。这是因为糖和脂肪充足时，必需氨基酸以外的非必需氨基酸都可通过糖和脂肪转化而来。热能的摄取量是根据体重及病情进行调整的。过多地摄取热量，必然会导致肥胖症；脂肪过多，会增加血中胆固醇含量；糖过多，会因中性脂肪增多而形成动脉硬化，加重肾脏病的发展，加速肾功能减退。

肥胖患者在计算热能摄入量时，应根据标准体重计算，这才是减少肥胖的有效方法。在计算热能摄入量时，应根据病情的需要调整。肾脏病患者若合并感染、存在消耗性疾病时，需增加热能的摄入量。

在日常饮食中，既需高热能又须符合低蛋白质的饮食是有一定困难的。依我国饮食习惯，主食（即糖类的摄入）主要是大米、麦粉，提供总热能的70%～80%。大米、麦粉中碳水化合物的含量是较高的，但也会有部分植物蛋白。100克大米中含蛋白质7～8克，100克麦粉含蛋白质8～9克。若肾脏病患者，特别肾功能不全患者的热能摄入依靠大米或麦粉供应，必然会造成蛋白质摄入过多，或植物蛋白摄入过多，优质蛋白摄入不足，必将加重高氮质血症。因此对肾功能不全患者，热能的补充应该以淀粉饮食为主，补充一定的优质蛋白质，才能达到既补充高热能，又补充优质蛋白质饮食，延缓肾功能衰竭的目的。

肾脏病患者应根据病情，听从医生的指导，控制蛋白质、摄取足够的热能，以一定量的优质蛋白质补充每日所需要的营养。

3. 盐分的控制

食盐的主要成分为钠离子及氯离子，每克食盐含钠及氯各17毫摩尔，正常成年人每日摄入的食物中亦含有少部分的钠。钠是体内重要的阳离子之一，每千克体重含钠量约为60毫摩尔。钠离子是维持人体血浆晶体渗透压的主要元素，又是人体体液缓冲系统的组成成分，维持体内的酸碱平衡，并能维持神经肌肉的兴奋性。

正常成年人每日摄入的食盐量差别很大，6～12克不等。正常人食物中摄入的钠，如超过生理需要量，多

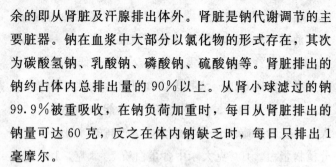

余的即从肾脏及汗腺排出体外。肾脏是钠代谢调节的主要脏器。钠在血浆中大部分以氯化物的形式存在，其次为碳酸氢钠、乳酸钠、磷酸钠、硫酸钠等。肾脏排出的钠约占体内总排出量的 90％以上。从肾小球滤过的钠99.9％被重吸收，在钠负荷加重时，每日从肾脏排出的钠量可达 60 克，反之在体内钠缺乏时，每日只排出 1毫摩尔。

当人体患肾脏病或肾功能受损时，肾脏对钠的调节产生障碍，食物中摄入的钠过多或过少，可产生高钠血症或低钠血症，临床上会产生一系列症状及体征，如高血压、浮肿、脱水等。严重的高钠血症或低钠血症，可产生神经精神症状，如嗜睡、神情淡漠、昏睡、抽搐等。肾脏病患者症状缓解期盐的摄入为正常量的 1/3 为宜。在肾功能减退时，应该控制盐分的摄入。一般来说，每日盐分应该控制在 2～3 克。肾脏病患者伴有高度浮肿、高血压、严重蛋白尿等症状时，每日摄入的盐分应控制在 3～5 克；严重高血压时需忌盐 1～2 日，等血压控制后，每日盐分在控制 2～3 克。肾脏病患者切不可长期忌盐饮食，以免造成低钠血症，也避免因血渗透压下降、肾小球灌注下降引起的肾功能进一步恶化。

盐分减少会使菜失去原有的香味，从而引起食欲不振，对蛋白质和热能摄取不足，导致营养不良等更为严重的后果。

4. 水分的摄取

正常成年人每日每千克体重需水 40 毫升左右，水分的来源有饮水、食物中所含的水、内生水。所谓内生水为体内营养物质——碳水化合物、脂肪及蛋白质代谢的最终产物中的水。1克的碳水化合物产生的水为0.6毫升；1克蛋白质产生的水为0.4毫升；1克的脂肪产生水为1.07毫升。内生水比较稳定，每日约为300毫升。水的排出通过以下途径：肾脏、肺脏、皮肤蒸发、从粪便排出。在正常情况下，水的出量与入量平衡。

肾脏病患者症状缓解期是无需对水分摄取进行限制的。当肾脏病患者出现浮肿、高血压、蛋白尿等急性症状需住院治疗时，应根据尿量限制水分的摄取，但症状缓解后，不需长期限制水的摄入。当肾功能减退、患者在渗透性多尿期（即肾功能不全失代偿期）时，由于患者尿量增多，水分不但不能限制，还应该根据尿量增加水分的补充。在肾功能衰竭尿毒症终末期，尿量减少，出现少尿或无尿时，要限制水分的摄取。血液透析期间要适当限制水分的摄取。

对肾脏病而言，水分不足而引起的脱水比浮肿更加危险。由于脱水，血液循环量会降低，使肾脏血流量减少，造成肾功能急剧恶化。

肾脏病患者每日摄取水分的简易计算公式为：前一日尿量＋500毫升或800毫升。500毫升或800毫升是肺脏及皮肤所排出的水分。夏天由于出汗较多，应以800毫升计算；冬天皮肤出汗少，以500毫升计算。

5. 钾的摄取

血中钾浓度过高形成高钾血症。高钾血症是一种可能夺取生命的病症。钾能控制全身肌肉和神经的兴奋状态。钾是人体细胞中最多的阳离子，有近98%在细胞内，只有少于 2％ 在细胞外。高钾血症时肌肉会进入麻痹状态而不能运动，而心脏肌肉反而会更加兴奋，产生"心室颤动"现象，从而导致心脏停止跳动。

肾功能正常或肾功能减退，尿量大于每日 1 000 毫升的肾脏病患者，一般不易发生高钾血症。但在肾功能减退并发严重酸中毒或少尿或无尿时，高钾血症是肾脏病患者的致命因素。

某些治疗肾脏病的药物如 ACE 抑制剂类降压药、保钾利尿药，也可造成高血钾。

为防止高钾血症，严重尿毒症或少尿、无尿时，应控制对钾的摄取。血液透析患者血钾浓度应控制在透析前不超过 5 毫摩尔/升。因动物蛋白质食品中也含有大量的钾。所以控制血钾的摄取，不仅应注意蔬菜的摄入量，而且也应关注动物蛋白质食品的摄取。另外，机体自身蛋白及组织中也存在大量的钾，因此造成高钾血症的原因不只是摄取钾的过剩，更多的是由于感染造成组织的大量破坏，及对热能和蛋白质摄取不足而造成的。

6. 磷的摄取

与血钾一样，当肾功能减退至正常人的 20％ 以下时，即导致高磷血症。血磷过高，本身对机体不引起致命作用，但机体内磷与钙需保持平衡，血磷过高，则必然可发生血钙浓度过低。血钙浓度过低，近期发生抽搐，长期刺激甲状旁腺分泌甲状旁腺激素，可导致继发性甲状旁腺亢进。继发性甲状旁腺亢进可造成肾性骨营养不良症的骨质疏松症和软骨症。

磷是蛋白质食品中含量最丰富的元素，因此降低蛋白质的摄入及肠道对磷的吸收是治疗高磷血症的有效方法。对慢性肾衰非透析患者，低蛋白饮食并用磷结合剂（碳酸钙）是降低血磷的有效治疗措施。透析患者由于蛋白质摄取量上升，而每日透析中所去除血磷仅 8～10 毫摩尔（248～310 毫克），所以有必要控制磷的摄取。但如果太拘泥于磷的含量，则有可能造成蛋白质摄取不足，因此透析患者可中度限制磷的摄取并将奶制品去除，可将食物中的磷减少到每日 600～1 000 毫克。透析前血磷控制在1.45～1.78毫摩尔/升（4.5～5.0毫克/分升）最为理想，为达到这一目标，大多数患者需用磷阻滞剂，以减少肠磷吸收。

（二）肾脏病饮食的烹饪技巧

肾脏病患者除了需要注意各种营养素及矿物质的摄取量外，正确的烹饪方法亦有助于达到理想的饮食治疗效果。

1. 减少钾质的方法

为了减少食物中钾的含量，应注意以下几点：①先将绿叶蔬菜浸于大量水中超过半小时，然后倒掉水，再放入大量沸水中焯。②至于含高钾质的根茎蔬菜，如马铃薯等，应先去皮，切成薄片，浸水后再煮。③用蔬菜煮成的汤均含钾质，而瓜汤如冬瓜汤、丝瓜汤等，所含的钾质比绿叶菜汤低。④市面上的低盐及无盐豉油含大量钾，不宜多用。

2. 减少钠质的方法

为了减少食物中钠的含量，应注意以下几点：①调味应以清淡为主，少用高钠质调味品，如食盐、豉油、味精、蚝油及各种现成酱料。②避免选择高盐分的配料，如梅菜、咸菜、榨菜等。③选购罐头蔬菜时，应选择用清水浸制的，因其含钠的成分较盐水制的低得多。④多尝试用低钠的调味品，可增添菜肴的美味。低钠的调味品有胡椒粉、醋、糖、酒、五香粉、花椒、八角、香草、陈皮、芥辣、葱、姜、蒜头、辣椒、青柠叶、柠檬汁等。⑤低盐豉油所含的钠较一般豉油稍低，但仍须适量使用。

3. 增加热能的方法

饮食中应注意：①罐头水果因添加了糖分，热能比新鲜水果高。②采用低蛋白质热能补充品，如冰糖、片糖、葡萄糖、汽水、果汁、高淀粉质食品（如粉丝、西米等）。

4. 避免口渴的方法

避免口渴应注意：①避免选用腌制过的配料及高盐分调味料。②在饮品中加入柠檬片或薄荷叶。③将部分饮品做成冰块，含在口中有较好的止渴效果。对于每日只可摄取少量流质的患者，这个方法有助于节约饮用流质。④咀嚼口胶。⑤避免饮用浓茶或浓咖啡。

5. 合并糖尿病的烹饪方法

当肾脏病患者同时患上糖尿病时，烹饪中应注意：①可有限度地使用少量糖分或改用低糖调味，但低糖食物不可经高温煮食，因甜味会因受热而减弱。②含高糖分食物如汽水、糖果、甜糕点及罐头水果（糖水制）等，仍需避免进食，可以用代糖汽水、糖果及香口胶代替。③定时定量地进食淀粉类食物，作为热能的主要来源。④避免进食含高胆固醇的食物，可用少量植物油煮食。⑤增加纤维素摄入。第一，多吃蔬菜，但注意用适当的烹饪法以减少钾的摄入。第二，如血磷过高，须限量地进食含谷类食物，如麦皮、早餐麦片等。第三，适量地以低钾质或中等钾质水果作小食。

三、各种肾脏病的饮食调养

（一）急性肾小球肾炎

急性感染后的肾小球肾炎简称急性肾炎，是一种常见的肾脏病。急性起病，以血尿、蛋白尿、高血压、水肿、少尿及氮质血症为常见临床表现。以链球菌感染引起的急性肾炎最为常见。

急性肾炎是一自限性疾病，因此基本上是对症治疗，主要环节为预防和治疗水、钠潴留。控制循环血容量，从而达到减轻症状（水肿、高血压）、预防致死性并发症（心力衰竭、高血压脑病、急性肾衰）的目的，同时防止各种加重肾脏病变的因素，促进病肾组织及功能的恢复。

中医认为急性肾炎多属实证。根据辨证可分为风寒、风热、湿热，分别予以宣肺利尿、凉血解毒等疗法。恢复期仍以清热利湿为主，佐以养阴，不可温补。

1. 饮食调养原则

应给予富含维生素的低盐饮食，蛋白质摄入量应为每日1克/千克体重。不加分析地控制蛋白质入量，对于肾单位的修复不利；过高的蛋白质摄入则增加肾脏负担。出现肾功能不全、氮质血症时，应限制蛋白质入量，仅给予高质量蛋白质（含必需氨基酸的蛋白质，如牛奶、鸡蛋等），以达到能减轻肾脏排泄氮质的负担、又保证一定营养的目的，还可能促进非蛋白氮的利用，以减轻氮质血症。

有水肿及高血压时，应禁盐或低盐饮食，直至利尿开始。一般控制在每日2～3克食盐。严重高血压者，可禁盐2～3日，逐渐过渡到低盐饮食。水肿严重，且少尿时，应控制水分的摄入，以口渴为度给予水分，以避免加重水肿或并发症。

急性肾炎在少尿期应限制钾的摄入量。含钾量高的食物有黄豆、小豆、绿豆、腐竹、豆腐丝、花豆、海带、紫菜。含钾量高的水果有香蕉、枣等。在少尿期时应避免摄入上述食物。

2. 饮食方案

●例一（急性肾炎普通型食谱）

早餐　香菇面：挂面100克，竹笋20克，鲜香菇15克，植物油5克，小葱2克，食盐1克，榨菜10克。

午餐　肉末炖蛋：猪肉（肥瘦）50克，草鸡蛋50克，味精1克，食盐1克。

　　　　冬瓜虾皮汤：冬瓜200克，虾皮5克，食用油5克，食盐1克，味精1克。

　　　　米饭：粳米100克。

晚餐 糖醋鲳鱼：鲳鱼75克，木耳2克，食用油7克，小葱2克，酱油5克，姜1克，醋2克，白砂糖5克。

菠菜粉丝汤：菠菜100克，粉丝20克，芝麻油5克。

米饭：粳米100克。

水果：苹果100克。

热能1 718千卡，蛋白质51.2克，脂肪48.36克，碳水化合物268.69克，纤维素8.35克，钙163.89毫克，铁13.69毫克，锌7.27毫克，硒39.56微克，铜1.44毫克，锰4.56毫克，镁164.58毫克，钠2 149.18毫克，钾1 138.67毫克，维生素E34.31毫克，维生素B_1 0.73毫克，维生素C142.98毫克，烟酸14.11毫克，胆固醇287.17毫克，水638.81毫升。

●例二（急性肾炎并肾功能衰竭食谱）

早餐 大米粥、馒头、白煮蛋：粳米50克，麦粉70克，鸡蛋50克。

午餐 白切鸡50克。

青菜粉丝汤：青菜100克，粉丝15克，食用油5克，食盐2克。

米饭＋麦淀粉饼：粳米50克，麦淀粉75克，食用油5克。

晚餐 鱼片炒菜：青鱼50克，青菜150克，食用油5克，食盐2克。

米饭＋麦淀粉饼：粳米50克，麦淀粉

75克，食用油5克。

水果：鸭梨150克，苹果150克。

热能1 848千卡，蛋白质50克，脂肪40.5克，碳水化合物322.6克，胆固醇410.2毫克，食物纤维素6.7克，维生素C 189.8毫克，钾1 894.7毫克，钠1 208.1毫克，钙869.4毫克，磷828.25毫克。

●例三（急性肾炎并肾功能衰竭食谱）

早餐 甜馒头、麦淀粉饼：富强粉50克，麦淀粉50克，白糖20克，食用油5克。

午餐 瘦肉片炒大白菜：瘦猪肉30克，大白菜150克，食用油5克，食盐1克。

米饭＋麦淀粉饼：粳米50克，麦淀粉75克，食用油5克。

晚餐 鱼片炒青菜：鲤鱼50克，青菜120克，食用油5克，食盐1克。

米饭＋麦淀粉饼：粳米50克，麦淀粉75克，食用油5克。

水果：鸭梨200克。

热能1 881千卡，蛋白质36.1克，碳水化合物352.2克，纤维素5.7克，胆固醇85.8毫克，维生素C 195毫克，钾1 451.1毫克，钠695.1毫克，钙487.4毫克，磷483.5毫克，维生素A 177.4毫克。

●例四（轻型急性肾炎食谱）

早餐 甜馒头、麦淀粉饼、甜牛奶：富强粉50克，麦淀粉50克，牛奶200毫升，白糖 35 克。

午餐　牛肉炒茭白：瘦牛肉 70 克，茭白 120 克，食用油 10 克，食盐 1 克。

米饭：粳米 100 克。

晚餐　鲫鱼青菜汤：鲫鱼 100 克，青菜 120 克，食用油 10 克，盐 1 克。

米饭：粳米 100 克。

水果：苹果 160 克。

热能 1 783 千卡，蛋白质 56.9 克，脂肪 31.7 克，碳水化合物 319 克，胆固醇 170.6 毫克，纤维素 6.7 克，维生素 C 66.4 毫克，钾 1 221.4 毫克，钠 688.5 毫克，钙 460.8 毫克，磷 765.4 毫克。

3. 药膳

●冬瓜皮蚕豆瘦肉汤

原料　猪瘦肉 50 克，冬瓜皮（鲜）60 克，蚕豆 30 克，食盐 1 克。

制作　冬瓜皮、蚕豆洗净；猪瘦肉洗净，切块。全部原料一齐放入锅内，加清水适量，武火煮沸后，文火煮 1 小时，加食盐即可。随量饮用。

功效　具补肾健肺、利湿退肿之功效。

●薏苡仁粥

原料　薏苡仁 40 克，粳米 30 克。

制作　薏苡仁、粳米洗净，放入锅内，加清水适量。武火煮沸后改文火煮成粥，加白糖调成甜粥。随量食用。

功效 具有健脾利尿之功效。

薏苡仁生用利水渗湿之力较大，药性偏凉；炒用则健脾之功较强。若体质虚寒者，宜炒用；若胃酸过多者，宜用盐调成粥。

●赤小豆汤

原料 赤小豆15克，桑白皮10克，紫苏茎叶6克，生姜1片。

制作 赤小豆、桑白皮、紫苏茎叶洗净后，放入锅内，加清水适量。武火煮沸后，文火煮30分钟。去渣饮水。

功效 具健脾利水、行气消肿之功效。

●玉米蚌肉汤

原料 蚌肉60克，新鲜玉米1段。

制作 玉米去衣留须，洗净切3段；蚌肉洗净。把玉米放入锅内，加清水适量。武火煮沸后，以文火煮20分钟，放入蚌肉煮半小时，调味即可。随量饮汤。

功效 具有健脾益肾之功效。

适用于急性肾炎水肿及小便不利、血压增高的患者。

●芹菜炒虾仁

原料 鲜虾仁60克，芹菜100克。

制作　芹菜摘去叶、根，洗净拍扁，切小段；虾仁洗净。起油锅，先下虾仁炒至半熟铲起，再起油锅炒芹菜至半熟，放虾仁同炒，下盐调味，炒熟即可。随量食用或佐餐。

功效　具有补肾平肝、利水泄浊之功效。

适用于急性肾炎水肿及高血压、小便不利者。

●赤小豆鲫鱼羹

原料　鲫鱼1条（约250克），赤小豆60克，葱1根。

制作　(1) 将赤小豆洗净浸泡一夜；葱去须洗净切葱花；鲫鱼去鳞、内脏、鳃，洗净干水。

(2) 赤小豆捣烂（或置搅拌机内搅烂）；鲫鱼用酒少许搽匀，蒸熟放冷后，拆骨取肉。

(3) 清水适量煮沸，放鲫鱼肉，再煮沸后放赤小豆泥，不断搅拌，放葱花，煮成稀糊状，调味即可。随量饮用。

功效　具健脾利水、除湿消肿之功效。

适用于急性肾炎全身浮肿、小便不利，或头晕、心悸等。

（二）慢性肾小球肾炎

慢性肾小球肾炎，又称慢性肾炎，是指以蛋白尿、血尿、高血压、水肿为基本临床表现，起病方式各有不同，病情迁延，病变缓慢进展，可有不同程度的肾功能减退，最终将发展为慢性肾衰竭的一组肾小球病。由于本组疾病的病理类型及病期不同，主要临床表现可各不相同，疾病表现呈多样化。

慢性肾炎可发生于任何年龄，但以中青年为主，男性多见，多数起病缓慢、隐袭。临床表现多样性，蛋白尿、血尿、高血压、水肿为其基本临床表现，可有不同程度的肾功能减退，病情时轻时重，迁延，渐进性地发展为慢性肾衰竭。

早期患者可有乏力、疲倦、腰部疼痛、纳差。水肿可有可无，一般不严重。有些患者可无明显临床症状。实验室检查多为轻度尿异常，尿蛋白常为每天 $1\sim3$ 克，尿沉渣镜检红细胞可增多，可见管型。血压可正常或轻度升高。肾功能正常或轻度受损（内生肌酐清除率下降或轻度氮质血症）。这种情况可持续数年，甚至数十年，之后肾功能逐渐恶化并出现相应的临床表现（如贫血、血压增高等），进入尿毒症。某些患者除上述慢性肾炎的一般表现外，血压（特别舒张压）持续性中等以上程度升高，患者可有眼底出血、渗血，甚至视乳头水肿，如血压控制不好，肾功能恶化较快，预后较差。此外，部分患者因感染、劳累呈急性发作，或用肾毒性药物后病情急骤恶化，经及时去除诱因和适当治疗后病情可一定程度缓解。但也可能由此进入不可逆慢性肾衰竭。多数慢性肾炎患者肾功能呈慢性进行性损害，肾功能进展快慢主要与病理类型相关，但也与是否合理治疗及饮食控制、认真保养等相关。

慢性肾炎的治疗应以防止或延缓肾功能进行性恶化、改善或缓解临床症状及防治严重并发症为主要目的，而不是以消除尿蛋白及尿红细胞为目标。一般主张采取综合性防治措施，对水肿、高血压或肾功能不全患者应强调休息，避免剧烈运动，限制盐类。应积极控制血压在理想水平，同时应用抗血小板药，避免加重肾脏损害的因素。感染、劳累、妊娠及应用肾毒性药物（如氨基糖苷类抗生素等），均可能损伤肾脏，导致肾功能恶化，应予以避免。

1. 饮食调养原则

饮食调养的目的是控制高血压，纠正代谢异常，减轻水肿，减少代谢废物的产生。要求饮食应根据病情的发展来调整，可根据水肿程度、尿蛋白及肾功能而定，维持饮食中有足够的适量的优质蛋白及各种其他营养素。

慢性肾炎患者的饮食调养应遵循以下原则：①适当补充蛋白质。肾功能在代偿期，患者血肌酐、尿素氮正常时，成人每日可供给蛋白质 60～100 克。肾功能不全患者应根据肾功能减退程度控制蛋白质入量，一般限制在每日 30～40 克，并注意饮食中多给予优质蛋白（主要指动物蛋白、瘦肉、蛋和牛奶等），并可适当辅以肾灵（开同、肾衰必需氨基酸），以补充体内必需氨基酸的不足。②适当增加碳水化合物，以达到机体基本能量需求，防止负氮平衡。③限制高脂饮食。慢性肾炎患者多伴有高血压，高脂饮食可促使血压增高、引发高脂血症，使血管硬化，肾小血管也发生硬化，促使肾功能进一步恶化。患者应避免进食过多的脂肪食物，在正常饮食中应用植物油代替，以保证能量的供应。④限制食盐。若有水肿时，应严格忌盐；若水肿消退，应给予低盐饮食。一般每日食盐 3～6 克，有严重高血压患者，应控制食盐在 3 克以下。⑤合理控制水分摄入。病人在排尿量正常的情况下，不应该限制水分，尤其在肾功能早期受损，病人常有夜尿增多时。因此病人夜间增加饮水量，可防止因脱水而造成肾血流量不足、肾功能进一步恶化。但在浮肿或严重高血压时，应适当控制水的摄入，每日水分摄入量应该是前一天的尿量加 500 毫升。⑥补充各种维生素等营养素，多吃新鲜蔬菜和水果。⑦肾功能不全氮质血症患者应限制磷的摄入量。为避免磷摄入过多，患者应选择低磷、低蛋白食品。若需进食肉类副食品，应该少吃肉汤，肉类食品先用开水焯一次后再进食。

2. 饮食方案

●例一（慢性肾炎普通型食谱）

早餐 粳米粥＋麦淀粉糕：粳米 50 克，麦淀粉 50 克，白糖 20 克，花生油 5 克。

上午点心 牛奶 250 毫升＋白糖 20 克。

午餐 米饭、鸭肉汤、炒青椒、麦淀粉糕：粳米 50 克，麦淀粉 50 克，鸭肉 75 克，甜青椒 100 克，花生油 10 克，盐 1 克。

下午点心 橘子 150 克。

晚餐 米饭、麦淀粉饼、清蒸鳊鱼、炒生菜：粳米 50 克，麦淀粉 50 克，鳊鱼 100 克，生菜 150 克，花生油 10 克，盐 1 克。

总热能 1 945 千卡，碳水化合物 307.1 克，蛋白质 54.5 克，脂肪 56.1 克，动物蛋白 37.4 克，植物蛋白 17.1 克，胆固醇 202 毫克，食物纤维 4.89 克，维生素 C 113 毫克，钾 1 365.2 毫克，钠 756.6 毫克，钙 492.6 毫克，磷 746.6 毫克，锌 6.24 毫克，铜 0.93 毫克，铁 13.9 毫克。

●例二（慢性肾炎肾病综合征食谱）

早餐 粥＋鸡蛋糕：粳米 50 克，富强粉 50 克，鸡蛋 50 克。

上午点心 牛奶 250 毫升，白糖 20 克。

午餐 米饭、肉包、鸡汤、肉丝炒卷心菜：粳米 75 克，富强粉 50 克，瘦猪肉 85 克，鸡肉 40 克，卷心菜 200 克，花生油 10 克，盐 1 克。

午后点心 麦淀粉糕＋水果：麦淀粉 50 克，白糖 20 克，苹果 125 克。

晚餐 米饭、麦淀粉饼、炒牛肉丝、冬瓜汤：粳米 75 克，麦淀粉 50 克，瘦牛肉 90 克，冬瓜 250 克，花生油 10 克，盐 1 克。

总热能 2 285 千卡，碳水化合物382.5克，蛋白质83.6克，脂肪47.6克，动物蛋白57.1克，植物蛋白26.5克，胆固醇493.4毫克，食物纤维6.9克，维生素 C 132.5毫克，钾1 811.9毫克，钠858.4毫克，钙519.8毫克，磷1 088.2毫克，锌12.5毫克，铜1.34毫克，铁20.1毫克。

3. 药膳

●芡实白果糯米粥

原料　芡实 30 克，糯米 30 克，白果 10 个。

制作　白果去壳洗净；糯米洗净。全部原料放入锅内，加清水适量，武火煮沸后，以文火煮成粥，随量食用。

功效　具固肾补脾、泄浊祛湿之功效。

适用于长期蛋白尿的慢性肾炎患者。连食10日为一疗程。白果有毒，一次用量不宜太多。

●黄花菜蒸肉饼

原料　猪瘦肉 100 克，黄花菜 30 克，食盐 1克，姜 1 片。

制作　黄花菜、猪瘦肉洗净，放入食盐及姜，一齐剁成肉酱，放碟上，文火隔水蒸熟，随量食用或佐餐。

功效　具益气养血、利尿消肿之功效。

适用于慢性肾炎贫血伴水肿、高血压者。

● 淮山汤圆

原料 鲜淮山150克，糯米粉250克，白糖适量，胡椒粉少许。

制作 鲜淮山洗净蒸熟，去皮，加白糖、胡椒粉，压拌调匀成泥馅。用清水调糯米粉，成粉团，作汤圆皮，包成汤圆。煮熟即可，随量食用。

功效 具补肾益阴之功效。

适用于慢性肾炎大量蛋白尿患者。

● 冬瓜鲤鱼汤

原料 鲤鱼1条（约250克），冬瓜500克，葱3根，食盐1克，黄酒少许。

制作 冬瓜留皮洗净切块；葱去须洗净切段；鲤鱼去鳞、鳃、肠，洗净。全部原料放入锅内，加清水适量，武火煮沸后，文火煮1小时，加盐及黄酒即可。随量饮汤食肉。

功效 具有健脾祛湿、通肠利水之功效。

本汤适用于慢性肾炎大量蛋白尿患者。

● 淮山芡实炖鱼肚

原料 鱼肚（干）30克，淮山15克，芡实10克，食盐1克。

制作 淮山、芡实洗净，浸半小时；鱼肚用开水浸泡20分钟，洗净切成块。全部原

料一齐放入炖盅内，加开水适量，炖盅
加盖，文火隔开水炖 1～2 小时，加入
食盐即可。随量食用。

功效 具有补肾涩精、健脾益气的功效。

适用于老年慢性肾炎患者，或慢性肾炎夜尿增
多者。

●芹菜翠衣炒鳝肉

原料 黄鳝 120 克，西瓜翠衣 150 克，芹菜
150 克，姜 2 片，葱 1 根，蒜茸少许，
盐 1 克。

制作 (1) 黄鳝活杀，去内脏、脊骨及头。先
用少许盐腌去黏液，再放入开水中洗去
血腥，切片。

(2) 西瓜翠衣洗净，切条；芹菜去根、
叶，洗净，切段。均下热水焯一下捞起
备用。

(3) 用麻油起锅，下姜、蒜茸及葱爆
香，放入鳝片，炒至半熟时，放入西瓜
翠衣、芹菜炒至熟，调味，下湿芡粉即
可。随量食用。

功效 具有平肝降压、清热利水之功效。

适用于慢性肾炎高血压型患者。

●黑豆胡桃肉塘虱鱼汤

原料 塘虱鱼 2 条，黑豆 30 克，胡桃肉 35
克，陈皮一小片。

制作 (1) 黑豆洗净，清水浸半小时；陈皮洗净；胡桃肉用开水烫，去衣洗净；塘虱鱼去鳃及肠脏，洗净。

(2) 把黑豆、胡桃肉、陈皮放入锅内，加清水适量，武火煮沸，放塘虱鱼煮沸后，文火煮1～2小时，调味即可。随量饮用或佐餐。

功效 具有补肾益精、理气行水之功效。

适用于慢性肾炎大量蛋白尿患者。

●川断胡桃肉牛尾汤

原料 牛尾1条，川断25克，胡桃肉60克。

制作 川断、胡桃肉洗净；牛尾用沸水烫，去毛，洗净，斩数段。全部原料一齐放入锅内，加清水适量，武火煮沸，文火煮2小时，调味即可。随量饮用或佐餐。

功效 具有补肾强骨之功效。

适用于慢性肾炎伴肾功能不全患者。

●苁蓉羊肾羹

原料 羊肾2个，肉苁蓉30克，葱1根。

制作 (1) 肉苁蓉用酒浸一夜，去皱皮，切细；羊肾切开，去脂膜，洗净切细；葱去根，洗净切葱花。

(2) 把肉苁蓉和羊肾放入锅内，加清水适量，煎半小时，放少许湿生粉、葱花，调味煮沸即可。随量空腹食用或佐餐。

功效 具有补肾益精壮阳之功效。

适用于慢性肾炎大量蛋白尿患者，或伴有慢性肾功能不全患者。

●杜仲五味炖羊肾

原料 羊肾2个，杜仲15克，五味子6克。

制作 杜仲、五味子洗净；羊肾切开去脂膜，洗净切片。把全部原料一齐放入炖盅内，加开水适量，炖盅加盖，文火隔开水炖煮1小时，调味即可。饭前随量饮用。

功效 具有温肾湿精、强筋健骨之功效。

适用于慢性肾炎伴浮肿、高血压患者食用。

●黄芪薏苡仁乌龟汤

原料 乌龟1只（约500克），黄芪30克，薏苡仁15克，杜仲1克，生姜2片。

制作 （1）黄芪洗净；薏苡仁洗净，凉开水浸后略炒；杜仲洗净；乌龟用开水烫，去龟壳、肠脏，洗净斩件。

（2）把全部原料一齐放入锅内，加清水适量，武火煮沸后，文火煮1~2小时，放盐调味即可。随量饮用或佐餐。

功效 具有健益肾消肿之功效。

适用于慢性肾炎浮肿、大量蛋白尿患者。

●芹菜炒虾仁

原料 鲜虾仁30克，芹菜100克。

制作 （1）将芹菜摘去叶、根，洗净拍扁，切小段；虾仁洗净。

（2）起油锅，先下虾仁炒至半熟铲起，再起油锅炒芹菜至半熟，放虾仁同炒，下盐调味，炒熟即可。随量食用或佐餐。

功效 具有补肾平肝、利水泄浊之功效。

适用于慢性肾炎肾病综合征患者或慢性肾炎高血压患者。

●大蒜子焖羊肉

原料 大蒜子60克，羊肉200克。

制作 将蒜子去蒜皮洗净；羊肉洗净切块。起油锅，把蒜子和羊肉放入锅内略炒，加清水适量，焖1.5小时，加盐调味。随量食用或佐餐。

功效 具有温肾暖脾、消肿利水之功效。

适用于慢性肾炎肾病综合征患者。

（三）糖尿病肾病

糖尿病肾病是糖尿病最常见的并发症，也是糖尿病患者的主要死亡原因之一。随着我国社会经济的持续发展，人民生活水平的迅速提高和人均寿命的延长，糖尿病的患病率也在不断上升。近期统计资料表明，我国人群中糖尿病和糖耐量减低（ICT）的患病率分别为

3.63%和4.1%。根据美国肾脏病数据统计局1996年的统计，在终末期肾功能衰竭患者中糖尿病肾病占首位，约为36.39%。我国糖尿病肾病约占终末期肾功能衰竭患者总数的5%。不同类型糖尿病在人群中的发生率不同，肾脏受累的情况也不尽相同。在亚洲地区，2型糖尿病的发病远远高于1型糖尿病，2型糖尿病患者糖尿病肾病的发生率为21.05%。

2型糖尿病起病隐匿，许多患者往往以其并发症初次就诊，从而给2型糖尿病肾病早期诊断及病程分析带来困难。相反，1型糖尿病起病症状明显，能够较准确地对其病程及并发症的出现进行分析。

Mogensen曾根据1型糖尿病的病程及病理生理演变过程将糖尿病肾病分为5期：Ⅰ期，肾小球高滤过和肾脏肥大期；Ⅱ期，正常白蛋白尿期；Ⅲ期，早期糖尿病肾病（这期患者血压开始升高。降压治疗可以减少尿白蛋白的排出）；Ⅳ期，临床糖尿病肾病（这期患者的特点为大量白蛋白尿或持续性尿蛋白升高。临床上表现为高血压、肾病综合征，部分患者伴有轻度镜下血尿）；Ⅴ期，终末期肾功能衰竭。患者一旦进入第Ⅳ期，病情往往进行性发展，如不积极地加以控制，肾功能GFR将下降，直至进入肾功能衰竭，临床上出现尿毒症及其并发症的相似症状。

糖尿病肾病的防治措施包括以下几个方面：控制高血糖、治疗高血压、纠正高脂血症、低蛋白饮食治疗及避免使用肾毒性药物。

1. 饮食调养原则

（1）摄取适当热能（限制总热能）：要根据患者的年龄、性别、身高、体重、劳动强度、运动量、有无并发症等制定食谱及决定一日总热能，以达到标准体重和纠正代谢紊乱。

（2）适当补充蛋白质、碳水化合物及脂肪：限制蛋白质的量，每日0.6～0.8克/千克体重。提高蛋白质的质量，以动物蛋白质（优质蛋白质）代替植物蛋白质的补充。适当提高碳水化合物在总热能的比例，使其达到65％以上。脂肪占总热能的25％～30％，以植物脂肪补充为主。

（3）适当补充维生素及矿物质：在感染或有其他并发症时更要多补充。

（4）合理分配饮食：早餐要少，午餐及晚餐要多吃一些。热能的比例为1：2：2。

（5）控制酒类及饮料的摄入：尽量不喝或少喝。

2. 饮食方案——食品交换份法

（1）标准体重的计算：制定糖尿病肾病的饮食方案，应像制订糖尿病饮食方案一样，以标准体重来计算总热能。

标准体重细算法：标准体重＝［身高（厘米）－100］×0.9(千克)

标准体重粗算法：标准体重（千克）＝身高（厘米）－105

以上两公式为成年男子计算公式，女性应再减2。

超过或低于标准体重的百分率＝（实测体重－标准体重）/标准体重

大于20％为肥胖，低于20％为消瘦，±10％之内者为正常者。

（2）糖尿病肾病总热能的计算：每日所需要的热能是根据标准体重、生理条件及劳动强度而制定的。

成年糖尿病肾病每日每千克体重所需的热能：休息者25～30千卡，轻体力劳动或脑力劳动者30千卡，中等体力劳动者为35千卡，重体力劳动者40千卡。体重低于标准体重者，总热能可增加10％；肥胖者应适当减少，以利体重下降。

儿童糖尿病的热能供给（千卡）＝（年龄－1）×1 000。

青少年糖尿病肾病总热能：男性每日2 600～3 000千卡，女性每日2 500～2 700千卡。

（3）三大营养素热能供应的计算：碳水化合物每克供热能4千卡，蛋白质每克供热能4千卡，脂肪每克供热能9千卡。

（4）糖尿病肾病饮食治疗法计算：

●例一

65岁男性糖尿病肾病患者，身高170厘米，体重71千克，空腹血糖5.8毫摩尔/升、餐后血糖7.2毫摩尔/升，血压17.3/11.2千帕（130/84毫米汞柱），尿蛋白＋～＋＋，24小时尿蛋白1.3克，血清肌酐130微摩尔/升，血清白蛋白36克/升，临床诊断为2型糖尿病、糖尿病肾病。

标准体重(千克)＝170－105＝65千克

患者系老年、退休，属休息者，每日每千克体重需热能25千卡(因患者属正常体重)。

总热能(千卡)＝65×25＝1 625千卡

蛋白质(克)＝65×0.8＝52克

蛋白质提供热能(千卡)＝52×4＝208千卡

碳水化合物提供热能(千卡)＝1 625千卡×65%＝1 056.25千卡

碳水化合物(克)＝1 056.25千卡÷4＝264克

脂肪＝(1 625千卡－1 056.25千卡－208千卡)÷9＝36克

早餐　蛋白质10克，碳水化合物53克，脂肪7克，盐1克。

午餐　蛋白质21克，碳水化合物106克，脂肪15克，盐1克。

晚餐　蛋白质21克，碳水化合物105克，脂肪14克，盐1克。

●例二

45岁女性糖尿病肾病患者，身高161厘米，体重74千克，空腹血糖6.1毫摩尔/升、餐后血糖7.5毫摩尔/升，血清白蛋白30克/升，尿蛋白＋＋～＋＋＋，24小时尿蛋白量2.2克，血清肌酐224微摩尔/升，血压20.8/12.8千帕(156/96毫米汞柱)，临床诊断为2型糖尿病、糖尿病肾病Ⅴ期，慢性肾功能不全失代偿期，高血压病。

标准体重(千克)＝161－105－2＝54千克

超过标准体重百分率＝(74－54)/54＝37%

总热能(千卡)＝54×25＝1 350 千卡

病人血清肌酐已达 224 微摩尔/升，慢性肾功能不全失代偿期，需低蛋白饮食，每日每千克体重给0.6克。

蛋白质(克)＝54×0.6＝32.4克——32 克

蛋白质提供热能(千卡)＝32×4＝128 千卡

碳水化合物提供热能(千卡)＝1 350 千卡×65%＝877 千卡

碳水化合物(克)＝877 千卡÷4＝219 克——220 克

脂肪＝(1 350 千卡－877 千卡－128 千卡)÷9＝38 克——39 克

早餐 蛋白质 6 克，碳水化合物 44 克，脂肪7.5克。

午餐 蛋白质 13 克，碳水化合物 88 克，脂肪16 克。

晚餐 蛋白质 13 克，碳水化合物 88 克，脂肪16 克。

（5）食品交换份份数的计算：按照食品交换份的原则，计算食品交换份份数。

食品交换份是将食品按照来源、性质分成几大类，同类食物在一定重量内，所含的蛋白质、脂肪、碳水化合物和热能相似。食品交换份的应用将大大丰富患者的日常生活，并使食谱的设计趋于简单化。患者可根据自己的饮食习惯、经济条件、季节、市场供应情况等选择食物，调剂一日三餐，在不超出或保证控制全天总热能和总蛋白质量的前提下，糖尿病肾病患者可以和正常人一样选食，使膳食不再单调、枯燥，从而在饮食上提高生活的质量。

食品交换份数＝每日所需总热能÷90（千卡/份）

表1 食品交换份四大组（九小类）内容和营养价值

组别	类别	每份重量（克）	每份热能（千卡）	蛋白质（克）	脂肪（克）	碳水化合物（克）	主要营养素
谷薯组	1.谷类	25	90	2	—	20	碳水化合物
	2.淀粉类	25	90	0.1～0.15	—	20	膳食纤维
菜果组	3.蔬菜类	500	90	5	—	17	无机盐
	4.水果类	200	90	1	—	21	膳食纤维
肉蛋组	5.大豆类	25	90	9	4	—	蛋白质
	6.奶类	160	90	5	5	6	脂肪
	7.肉蛋类	50	90	9	6	—	蛋白质
油脂组	8.硬果类	15	90	4	7	2	蛋白质
	9.油脂类	10	90	—	—	10	脂肪

●例

上述所举例一：总热能1 625÷90＝18份

按食品交换份法计划食谱安排饮食：

总热能1 625千卡，蛋白质总量52克，谷类8份，乳类1份，瘦肉类2份，鲜果类1份，蔬菜类2份，油脂类4份。

表2 等值谷薯类食品交换表

食品	重量（克）	食品	重量（克）
大米、小米、糯米、薏米	25	绿豆、红豆、芸豆、干豌豆	25
高粱米、玉米碴	25	干粉条、干莲子	25

续表

食品	重量（克）	食品	重量（克）
面粉、米粉、玉米面	25	油条、油饼、苏打饼干	35
米饭	65	咸面包、窝头	35
燕麦片、莜麦面	25	生面条、魔芋生面条	35
荞麦面、苦荞面	25	湿粉皮	150
通心粉	25		

注：每交换份谷薯类食品供蛋白质 2 克，碳水化合物 20 克，热能 90 千卡。

表3　等值淀粉（糖）类食品交换表

食品	重量（克）	食品	重量（克）
麦淀粉	25	食糖	22.5
高玉米淀粉	25	粉皮、粉丝	25
藕粉、麦角粉、荸荠粉	25		

注：每交换份淀粉（糖）类食品供热能 90 千卡，含非优质蛋白0.1～0.25克。

表4　等值蔬菜类食品交换表

食品	重量（克）	食品	重量（克）
大白菜、圆白菜、菠菜、油菜	500	白萝卜、青椒、茭白、冬笋	400
韭菜、茴香、圆蒿	500	倭瓜、菜花	360
芹菜、茎蓝、莴笋、油菜薹	500	鲜豇豆、扁豆、洋葱、蒜苗	250
芥蓝菜	500	胡萝卜	200
空心菜、苋菜、龙须菜	500	慈姑、百合、芋头	100
绿豆芽、鲜蘑菇、水浸海带	500	马铃薯、山药	100
毛豆、鲜豌豆	70		

注：每交换份蔬菜类食品供蛋白质 5 克，碳水化合物 17 克，热能 90 千卡。

表5 等值水果类食品交换表

食品	重量（克）	食品	重量（克）
柿、香蕉、鲜荔枝（带皮）	150	李子、杏（带皮）	200
梨、桃、苹果（带皮）	200	葡萄（带皮）	200
橘子、橙子、柚子（带皮）	200	草莓	300
猕猴桃（带皮）	200	西瓜	500

注：每交换份水果类食品供蛋白质 1 克，碳水化合物 21 克，热能 90 千卡。

表6 等值大豆类食品交换表

食品	重量（克）	食品	重量（克）
腐竹	25	北豆腐	100
大豆（黄豆）	25	南豆腐	150
大豆粉	25	豆浆（黄豆 1 份重量加水 8 份重量磨浆）	400
豆腐丝、豆腐干	50	蚕豆	25

注：每交换份大豆类食品供蛋白质 9 克，脂肪 4 克，碳水化合物 4 克，热能 90 千卡。

表7 等值奶类食品交换表

食品	重量（克）	食品	重量（克）
奶粉	20	牛奶	160
脱脂奶粉	25	羊奶	160
奶酪	25	无糖酸奶	130

注：每交换份奶类食品供蛋白质 5 克，脂肪 5 克，碳水化合物 6 克，热能 90 千卡。

表8　等值肉蛋类食品交换表

食品	重量(克)	食品	重量(克)
熟火腿、香肠	20	鸡蛋粉	15
肥瘦猪肉	25	鸡蛋(1大个带壳)	60
熟叉烧肉(无糖)、午餐肉	35	鸭蛋、松花蛋(1大个带壳)	60
熟酱牛肉、熟酱鸭、大肉肠	35	鹌鹑蛋(6个带壳)	60
瘦猪、牛、羊肉	50	鸡蛋清	100
带骨排骨	50	带鱼	80
鸭肉	50	草鱼、鲤鱼、甲鱼、比目鱼	80
鹅肉	50	大黄鱼、鳝鱼、黑鲢、鲫鱼	80
兔肉	100	对虾、青虾、鲜贝	80
蟹肉、水浸鱿鱼	100	水浸海参	350

注：每交换份肉蛋类食品供蛋白质9克，脂肪6克，热能90千卡。

表9　等值油脂类食品交换表

食品	重量(克)	食品	重量(克)
花生油、香油(1汤匙)	10	猪油	10
玉米油、菜籽油(1汤匙)	10	牛油	10
豆油	10	羊油	10
红花油(1汤匙)	10	黄油	10
核桃、杏仁	25	葵花籽(带壳)	25
花生米	25	西瓜子(带壳)	40

注：每交换份油脂类食品供脂肪10克（坚果类含蛋白质4克），热能90千卡。

3. 药膳

●玉米冬瓜粥

原料　玉米60克，冬瓜（连皮）250克，冬虫夏草 5 克，鸡肉 90 克，食盐 1 克，姜、葱少许。

制作　玉米、冬瓜切块；冬虫夏草、鸡肉切块；生姜切碎。原料洗净，放入瓦锅内，加清水适量，武火煮沸后，文火煮至玉米熟烂为度。放葱及食盐，调味即可。随量食用。

功效　具有滋养肺肾、利水降浊的功效。

适用于临床糖尿病肾病患者、全身浮肿、血压偏高者。

●蚕豆鲫鱼粥

原料　蚕豆 90 克，大蒜 30 克，茯苓 30 克，鲫鱼 1 条（约 150 克），大米 50 克，食盐 1 克，生姜少许。

制作　鲫鱼去鳞、鳃及内脏，洗净。起油锅，放入鲫鱼，煎香铲起。蚕豆、茯苓、生姜、大米洗净。把上述全部原料一齐放入瓦锅内，武火煮沸后，文火煮 1 小时，再投入大蒜、食盐，煮 10 分钟即可。随量食用。

功效　具有健脾和肾、利水消肿之功效。

适用于临床糖尿病肾病患者。

●黄芪蛏肉汤

原料　黄芪（生）60 克，蛏肉（鲜）60 克，玉米须 30 克，生姜（连皮）少许，食盐1克。

制作 生姜洗净，捣烂；黄芪、蛏肉、玉米须洗净。全部原料一齐放入瓦锅内，加清水适量，武火煮沸后，文火煮1小时，加食盐调味即可。随量食汤吃肉。

功效 具有补气利尿、滋阴止渴之功效。

适用于早期糖尿病肾病患者及临床糖尿病肾病患者。

●玉米须蚌肉汤

原料 玉米须50克，淮山（鲜）60克，蚌肉（鲜）90克，生姜少许，红枣5枚，食盐1克。

制作 玉米须、淮山、蚌肉、生姜、红枣（去核）洗净，一齐放入瓦锅内，加清水适量，武火煮沸后，文火煮2小时，加食盐调味即可。随量饮汤食肉。

功效 具有利水消肿、生津止渴之功效。

适用于早期糖尿病肾病患者及临床糖尿病肾病患者。

●茯苓牛肚汤

原料 茯苓（带皮）30克，党参15克，牛肚60克，胡椒粉10克，食盐1克。

制作 牛肚洗净，切块。茯苓、党参洗净，与胡椒粉、牛肚一齐放入瓦锅内，加清水适量，武火煮沸后，文火煮至牛肚熟烂为度，加食盐调味即可。随量饮用。

功效　具有健脾利水之功效。

适用于早期糖尿病肾病、临床糖尿病肾病、终末期糖尿病肾病伴大量蛋白尿、水肿患者。

●眉豆鲤鱼煲

原料　白眉豆100克，鲤鱼200克，陈皮10克，生姜2片。

制作　白眉豆、陈皮、生姜洗净；鲤鱼去鳃及内脏（不必去鳞），特别是鱼胆，一定要弃掉。起油锅，将鱼稍煎，把白眉豆、鲤鱼、陈皮、生姜放入瓦锅内，加清水适量，文火煮1小时，调味即可。随量食用。

功效　具有健脾养胃、利水消肿之功效。

适用于糖尿病肾病全身浮肿，及糖尿病性肾病综合征患者。

●熟地淮山瘦肉汤

原料　熟地黄30克，淮山5克，泽泻6克，小茴香3克，猪瘦肉60克。

制作　熟地黄、淮山、泽泻、小茴香洗净；猪瘦肉洗净，切块。把全部原料一齐放入瓦锅内，加清水适量，武火煮沸后，再以文火煮1小时，调味即可。随量吃肉饮汤。

功效　具有固肾摄精之功效。

适用于糖尿病肾病伴肾功能不全患者，夜尿增多者。

●江珧柱白果粥

原料 江珧柱 60 克，白果 9 克，芡实 60 克，糙米 30 克，皮蛋 1 个，葱少量。

制作 江珧柱、白果、芡实、糙米洗净，放入瓦锅内，加清水适量。武火煮沸后，文火煲至米烂熟透为度。把姜、葱切碎，皮蛋去壳捣烂，放入粥中煮沸，调味即可。随量食用。

功效 具有固肾缩尿、滋阴止渴之功效。

适用于早期糖尿病肾病及临床糖尿病肾病患者食用。

（四）高尿酸性肾病及痛风性肾病

尿酸是人体内嘌呤核苷酸代谢产物。人体细胞代谢产生嘌呤核苷酸，同时也从食物中获得。正常情况下，人体肾脏能够排出尿酸而维持尿酸在血液中的一个正常浓度水平，但在某些情况下，如疾病或嘌呤代谢异常时，导致血液中尿酸超过正常水平，而成为高尿酸血症。当血液中尿酸高于 417 毫摩尔/升（7 毫克/分升）时，尿酸盐就会析出并沉积于关节、肾脏、心瓣膜等组织与器官内，从而对人体造成损害。尿酸盐结晶沉积关节内而导致关节剧烈疼痛并伴红肿变形称为痛风。统计表明，10个高尿酸血症病人中就会有一个发展为痛风。由于早期高尿酸血症病人没有临床症状而往往被忽略而成为痛风的高危人群。如果尿酸盐结晶沉积在肾脏内，会阻塞肾小管与集合管，使肾脏无法形成尿液，从而引起肾功能损害。如发展严重，还会引起肾小球硬化、肾毛细血管基底膜变性等一系列肾脏病理性变化，最终导致肾功能衰竭而危及生命。

痛风常见于中年男性，女性常在绝经后发病。痛风有家族遗传倾向，肥胖是痛风的危险因素之一。如果经常食用高嘌呤食物（海鲜类、动物内脏、啤酒等），易产生高尿酸血症与痛风。此外，高脂血症、高血压病、心血管病变、肾脏疾病、糖尿病等常会伴发高尿酸血症及痛风。

痛风与高尿酸血症病人可选用秋水仙碱、非甾体抗炎药、别嘌醇、丙磺酸、苯溴马隆等药物进行治疗。应强调的是，在服用促进尿酸排泄药物如丙磺酸、苯溴马隆时，每日饮水不少于1.5升。

1. 饮食调养原则

痛风与高尿酸血症的病人主要以药物控制尿酸为主，食物治疗为辅，对酒、动物内脏等含嘌呤较高的食物应严格控制。

（1）急性发作期：应尽量选择嘌呤含量较低的食物（如食物含量表所列之第一类食物）。

（2）非急性发作期：第一类与第二类食物皆可选食，但仍禁食第三类的高嘌呤食物。

禁食酒、煎炸食物、动物内脏。若食欲不振，食物的摄取量减少时，必须另摄取富含高量碳水化合物液体（如蜂蜜等），以防脂肪代谢加速，引起急性痛风发作。患者应多喝水，每日至少饮水1.5升以上。

表10　每100克食物嘌呤含量表

嘌呤含量	食物
第一类　0～15毫克	蔬菜、水果、蜂蜜、糖甜点、鱼卵、鱼精、鱼子酱、蛋类、果酱、乳酪、奶油及其他脂肪、脱脂牛奶、面筋、核果、米饭、面条
第二类 15～150毫克	菠菜、花生、腰果、豆类、豌豆（干燥的）、扁豆、麦片、麦芽、一般的海产鱼类、鸡肉、鸭肉、鸽肉，以及猪、牛、羊的瘦肉
第三类 150毫克以上	肉汁、肉精、浓汁汤、内脏、香肠、火腿、龙虾、沙丁鱼、小鱼肝、猪脑、芦笋、香菇

表11　高尿酸血症患者每日饮食的一般原则

食物类别	可食用
主食类	添加维生素与矿物质的谷类食物 4～6片添加维生素与矿物质的面包
肉类	蛋不超过2个 非急性发作期可食。每周3～5次，每次60～85克瘦肉、鸡肉、鸭肉、鱼肉、小牛肉、羊肉
奶类	3～4杯脱脂牛奶 二大汤匙的奶油
蔬菜类	每日100～200克富含维生素A的绿色或黄叶蔬菜，100克其他种类的蔬菜
水果类	100克富含维生素C的水果如橘子、橙子、番石榴等，100克其他种类水果
淀粉茎类	100～200克马铃薯
饮水	每日至少3升以上 适当的咖啡和茶可以饮用

2. 饮食方案

●例

男性，45 岁，身高 172 厘米，体重 75 千克，教师，尿蛋白＋～＋＋，血肌酐 127 微摩尔/升，血尿酸 547 微摩尔/升,痛风性肾病,非急性发作期。

标准体重＝172－105＝67 千克

超过标准体重百分率＝(75－67)/75＝10.6％

教师为轻体力劳动，每天需热能 30 千卡/千克体重。

总热能(千卡)＝30×67＝2 010 千卡

蛋白质＝0.8×67＝53.6 克

蛋白质提供热能(千卡)＝53.6×4＝214.4 千卡

碳水化合物提供热能(千卡)＝2 010×65％＝1 306.5 千卡

碳水化合物(克)＝1 306.5 千卡÷4＝327 克

脂肪＝(2 010－1 306.5－214.4)÷9＝54 克

饮食分配：

早餐 蛋白质 11 克，碳水化合物 65 克，脂肪 11 克

午餐 蛋白质 22 克，碳水化合物 131 克，脂肪 22 克

晚餐 蛋白质 22 克，碳水化合物 131 克，脂肪 22 克

食谱：

早餐 甜牛奶＋面包：脱脂牛奶 250 克，面包

70 克，白糖 15 克，黄油 5 克。

午餐 白菜炒肉片：白菜 250 克，猪瘦肉 50 克，花生油 5 克。

菠菜粉丝汤：菠菜 250 克，粉丝 25 克，麻油 1 克。

米饭：大米 100 克。

晚餐 糖醋带鱼：带鱼 120 克，花生油 10 克，白糖 5 克。

拌空心菜：空心菜 250 克，油、麻油共 5 克。

米饭：大米 100 克。

水果：猕猴桃 200 克。

（五）高血压肾病

高血压根据其程度和持续时间，能引起程度不等的肾脏损害。长期的高血压可以造成肾脏的硬化，最终使肾脏功能衰竭。由高血压引起的肾损害叫做高血压肾病。高血压肾病的临床表现与慢性肾小球肾炎的表现相似，病人在长期高血压的基础上，出现肾脏损害的表现，病人常有头痛、头晕等高血压表现，心悸、呼吸困难、咳血痰等心衰表现，以及夜尿增加，蛋白尿、血尿等肾脏损害的表现，严重的病人出现尿毒症。

高血压肾病的治疗应以治疗病因为主，即有效地控制血压。有效地控制血压，可以预防和减少高血压肾病的发生及发展。高血压肾病应以预防为主，控制了高血压就保护了肾脏。等出现肾脏损伤再治疗肾病是一种"舍本求末"的行为。

高血压患者常常合并糖尿病、高脂血症、高尿酸血症，而糖尿病、高脂血症、高尿酸血症又会加重肾脏损害，因此防治高血压肾病，不仅要着眼于有效和满意地控制高血压，还要综合考虑能损害肾脏的其他诸多因素，并对它们进行相应的治疗。

1. 饮食调养原则

高血压肾病患者的饮食调养应遵循以下原则：①限制钠盐摄入。首先要减少烹调用盐，每人每日食盐量以不超过 5 克为宜。②减少膳食脂肪，补充适量蛋白质，摄入足量钾、镁、钙。③限制饮酒。高血压患者应戒酒或严格限制饮酒。④降低膳食中的总热能，减轻体重，以维持正常体重为度。

2. 饮食调养要点

（1）膳食的总热能不宜过高：膳食中总热能以维持正常体重为度，40 岁以上者尤应预防发胖。正常体重的高血压肾病患者，每日的热能需求：休息状态 20～25 千卡/千克体重，轻体力劳动为 25～30 千卡/千克体重，中度体力劳动为 30～35 千卡/千克体重，重体力劳动为 35～40 千卡/千克体重。

超过标准体重者，应减少每日进食的总热能，食用低脂（脂肪摄入量不超过总热能的 30%，其中动物脂肪不超过 10%）、低胆固醇（每日不超过 300 毫克）膳食，并限制酒、蔗糖及含糖食物的摄入。

（2）减少膳食中的动物性脂肪和胆固醇：年过 40 岁的高血压肾病患者，即使血脂无异常，也应避免食用过多的动物性脂肪和含胆固醇较多的食物，如肥肉，肝、肾、肺等内脏，鱿鱼、墨鱼、鳗鱼、骨髓、猪油、蛋黄、蟹黄、鱼子、奶油及其制品、椰子油、可可油等。如血总胆固醇、甘油三酯等增高者，应食用低胆固醇、低动物性脂肪食物，如鱼肉、鸡肉、各种瘦肉、蛋白、豆制品等。

（3）清淡饮食：提倡饮食清淡，多食富含维生素的食物（如新鲜蔬菜、瓜果）和富含钾、镁、钙等营养素的食物（土豆、海带、紫菜等），尽量以豆油、花生油、菜籽油、麻油、玉米油、茶油、米糠油、红花油等植物油为食用油。

3. 药膳

●黄芪鲤鱼汤

原料 鲤鱼 1 条（约 500 克），黄芪（生）60
克，糯米 30 克，生姜 4 片，食盐 1 克。

制作 黄芪、糯米洗净；鲤鱼活杀，去鳞、鳃及肠杂，洗净。把糯米放入鱼肚内。起油锅用姜把鲤鱼爆至微黄，把鲤鱼（连糯米）与黄芪一齐放入锅内，加清水适量，武火煮沸后，用文火煮 2 小时，加食盐调味即可。随量饮汤食鱼。

功效 具有补气健脾、利水消肿之功效。

●莲子玉米瘦肉羹

原料 猪瘦肉90克，莲子30克，玉米60克，生姜4片，马蹄粉15克，食盐1克。

制作 莲子（去心）用开水烫去外衣；猪瘦肉洗净，切粒；玉米洗净，将莲子与猪瘦肉、生姜放入锅内，加清水适量，武火煮沸后，文火煮至莲子烂熟（约1.5小时），下玉米，再煮半小时，调入湿马蹄粉糊，搅匀，加盐调味。随量饮用。

功效 具有健脾开胃、消痰利水之功效。
适用于高血压肾病、高脂血症患者。

●葛根薏苡仁粥

原料 葛根120克，生薏苡仁30克，粳米30克。

制作 葛根去皮，洗净，切片；生薏苡仁、粳米洗净。全部原料一齐放入锅内，加清水适量，文火煮成稀粥。随量食用。

功效 具有清热利尿之功效。
适用于高血压肾病、小便不利之患者食用。

●芹菜炒淡菜

原料 芹菜150克，淡菜30克，姜丝、蒜茸各少许。

制作 淡菜浸发，洗净，下开水捞过，备用；芹菜去根、叶，洗净，切段。起油锅，将芹菜炒至八成熟，滤去水分，备用。

起油锅，下姜丝、蒜茸爆香，下淡菜微
炒，再下上汤（或清水）少许，炒熟，
调味，加入芹菜拌炒，下芡粉即可。随
量食用。

功效 具有补益肝肾、平肝潜阳之功效。
适用于高血压肾病伴水肿之患者食用。

（六）尿路感染

急性非复杂性尿路感染在抗菌治疗后，90％可治
愈，约10％可转为持续性细菌尿或反复再发，极少数
非复杂性尿路感染患者可发展为肾功能衰竭。复杂性尿
路感染临床治愈率低，也容易复发，除非纠正了易感因
素，否则极难治愈；其中持续性细菌尿或反复复发者超
过半数，可逐渐发展至肾功能衰竭。

尿路感染可选择合适的抗生素进行治疗。选用抗生
素时应注意：①选用对致病菌敏感的药物。②选择服用
后在尿和肾内浓度高的抗菌药物。③选用对肾损害小，
副作用也小的抗菌药物。

1. 饮食调养原则

慢性肾盂肾炎患者在尚未出现肾功能不全时，饮食
无特殊要求，一般患者可进食营养丰富、清淡、易消化
的食物，要多饮水。

对尿路感染的饮食治疗目的是保护肾功能、控制高

血压、酸化尿液，以抑制细菌生长。根据病情变化决定是否限盐以控制血压。如果病人尿量较多，尿钠排出较多，也应适当补充钠盐。饮食中多采用酸性食品，如肉类、鱼、禽类、蛋、乳酪、花生酱、玉米、硬果类、杨梅、梅、李、面包等，而牛奶、柑橘类水果可使尿呈碱性，茶为中性食物。

2. 药膳

●凉拌莴苣丝

原料 鲜莴苣250克，食盐1克，黄酒少许。

制作 鲜莴苣去皮，洗净，切丝，以食盐及黄酒调拌即可。随量食用或佐餐。

功效 具清热利尿之功效。

●清炒绿豆芽

原料 绿豆芽250克，食盐1克。

制作 绿豆芽洗净，起油锅炒热，下盐调味即可。随量食用或佐餐。

功效 具清热利湿之功效。

●紫苏炒田螺

原料 田螺250克，鲜紫苏叶5片，食盐1克。

制作 紫苏叶洗净，切碎；田螺清水养2天，斩去少许田螺尾部，洗净沥干水。起油锅，下紫苏、田螺炒几番后，放盐炒熟即可。随量食用。

功效 具清热利湿、理气和营之功效。

●炒螺蛳

原料 螺蛳500克，白酒适量，食盐1克。

制作 螺蛳洗净，放锅内炒熟，加白酒、食盐、清水少量，煮至酒水将干即可。挑出螺蛳肉蘸调料一次吃完，并饮余下的酒液。

功效 具清热利尿之功效。

●海带绿豆甜汤

原料 海带60克，绿豆80克，白糖适量。

制作 海带浸透，洗净切丝；绿豆洗净，清水浸30分钟，全部原料一齐放入锅内，加清水适量。武火煮沸后，文火煮1小时，放白糖调甜汤，再煮沸即可。随量饮用。

功效 具有清热利湿之功效。

●玉米蚌肉汤

原料 蚌肉60克，新鲜玉米1根（约250克），食盐1克。

制作 玉米去衣留须，洗净切3段；蚌肉洗净。玉米放入锅内，加清水适量。武火煮沸后，文火煮20分钟，放入蚌肉，煮半小时，放入食盐1克调味即可。随量饮汤。

功效 具有健脾益肾、通利水道之功效。

对慢性肾盂肾炎、小便不利或尿急尿痛有效。

●荠菜蜜枣猪小肚汤

原料 猪小肚 1 个,新鲜荠菜 150 克,蜜枣 3 个。

制作 荠菜洗净；蜜枣洗净；猪小肚用粗盐擦洗净，用沸水烫过。把全部原料一齐放入锅内，加清水适量，武火煮沸后，文火煮 1 小时，调味即可。随量饮用。

功效 具有健脾胃、清热毒、利尿止血之功效。

适用于尿路感染急性期或伴血尿者。

●坤草牛膝蛤蜊汤

原料 蛤蜊肉 150 克，坤草嫩苗 250 克，牛膝 15 克。

制作 将坤草洗净切细；牛膝洗净；蛤蜊肉用淡盐水洗净。清水适量煮沸，放坤草、牛膝，文火煮半小时，去坤草、牛膝，放蛤蜊肉，再煮 15 分钟，调味即可。随量饮用。

功效 具有补肝肾、利水道、散淤结之功效。

适用于急性肾盂肾炎、急性膀胱炎患者伴尿频、尿急、血尿或排尿不畅者。

（七）肾结石

肾结石，男性比女性多见，多发生在青壮年，21～50岁最多，占83.2%。左右侧肾发病相似，双侧结石占10%。肾结石可长期存在而无症状，特别是较大的结石。较小的结石活动性较大，小结石进入肾盂输尿管连接处或输尿管时，引起剧烈的蠕动以促使结石排出，于是出现绞痛和血尿。

肾结石治疗的主要目的是解除痛苦，保护肾功能，尽可能除去结石并防止其复发。应根据每个患者的一般健康状况、结石大小、结石成分、症状、有无梗阻感染、肾实质损害程度，以及结石可能发展等情况，制定其防治方案。

肾结石常用的治疗手段有体外震波碎石、中药治疗、手术治疗等。

1. 饮食调养原则

（1）大量饮水：肾结石患者必须大量饮水，尽可能使每日尿量维持在2 000毫升以上。在结石多发地区，每日尿量少于1 200毫升时，尿石生长的危险性显著增大。为了保持夜间尿量，睡前饮水，睡眠中起床排尿后饮水。大量饮水配合利尿解痉药，可促使小的结石排出。大量饮水稀释尿液可能延缓结石的增长和手术后结石的再发；在感染时尿量增多，可促进引流，有利于感染的控制。

（2）不同的结石采用不同的饮食方案：根据结石成分或血和尿有关成分的分析，对不同结石采用更有针对性的饮食方案。

1）尿酸结石：体内的尿酸来源有：①内源的来自身体组织的代谢分解，不易控制。②外源的来自富含嘌呤的食物，可用低嘌呤饮食控制。

尿酸结石除多饮水、服用碱化尿液药物外，宜先试用饮食疗法，观察疗效。

尿酸结石患者饮食中应限制蛋白质的入量，每日蛋白质的总量以每千克体重0.8～1.0克为标准供给。同时应增加新鲜蔬菜和水果的供应量。尿酸在碱性尿内易于溶解。蔬菜和水果含维生素 B 及维生素 C，在体内的最后代谢产物是碱性的，故有利于治疗。常规每隔1～2日用1次清凉饮食（生水果、果汁及生菜）。至少每周用1次清凉饮食。因患者多较肥胖，故应用低热能的膳食以减轻体重，少用脂类和糖类。

尿酸结石患者宜采用低嘌呤饮食，如痛风病饮食。谷类以细粮为主。因粗粮可产生多量的嘌呤。肉类可食用，控制在每日 100 克以内。可以选择少量的鱼肉、虾、鸡肉等，每周 2 次。青菜和水果可任意采用，鸡蛋和牛奶可适当采用。

尿酸结石患者应忌用高嘌呤食品，如猪肉、猪肝、牛肉、猪腰、脑以及动物的内脏、鸭肉、鹅肉、各种肉汤、肉汁及鸡汤、沙丁鱼、蛤、蟹等。富于嘌呤的蔬菜类如菠菜、豌豆、扁豆以及其他豆类、菜花、龙须菜、各类蕈类等，酒及含乙醇（即酒精）的饮料、浓茶、咖啡、可可等，香料及调味品等也属于忌用之列。

●尿酸结石饮食计算方法举例

患者体重 60 千克，每日饮食中蛋白质供给量为每千克体重 0.8～1.0 克，则每日饮食中蛋白质总量以 48～60 克为宜。

一般认为细粮含蛋白质的量比粗粮少（小站米每 500 克的蛋白质含量是 37.5 克，机米和东北米也相同；大麦米每 500 克含蛋白质 52.5 克；而小米等因在制作时加入一部分黄豆，所以每 500 克含蛋白质可达 81 克），因此主食以细粮为主。

如患者每日进食大米 500 克，每日饮食中蛋白质总量以 60 克计算。

膳食中蛋白质总量应先减去主食所含的蛋白质部分，剩下的蛋白质则可由蔬菜、肉类来补充。一般带叶的蔬菜每 500 克约含蛋白质 10 克，瘦肉类每 50 克约含蛋白质 10 克，其他食品可参见表 12。

那么，副食品补充的蛋白质＝60－37.5＝22.5（克）。如患者每日供给青菜 500 克，约为蛋白质 10 克，则剩下的蛋白质可用肉类补充，22.5－10＝12.5（克），即可食瘦肉 60 克。

2）磷酸钙或磷酸镁铵结石：采用低钙（每日饮食中钙含量 700 毫克）、低磷（每日饮食中磷含量 1 300 毫克）的饮食。应限制钙的食入量，蛋白质供给以每日每千克体重 1.0 克为宜。饮食中少选择奶及奶制品、硬果类、小鱼虾、花生酱等。含维生素 D 丰富的食物也应少食用。多吃富含食物纤维的食物。

另外，可服用氯化铵等药酸化尿液。还可口服氢氧化铝凝胶 40 毫升，每日 4 次，以减少磷在肠内吸收。

3）草酸钙结石：尿草酸含量超过每 24 小时 40 毫克的患者，应采用低草酸饮食。由于草酸盐结石是乙醇酸及抗坏血酸（维生素 C）代谢而来。所以病人应根据自己的年龄、劳动强度，按规定的正常量食入维生素 C，不要食入过多。同时还要避免食用高草酸、高乙醇酸及高钙食物。

高草酸食物包括菠菜、土豆、甜菜、可可、速溶咖啡、芦笋、油菜、榨菜、雪里红、核桃、榛子、草莓、李子、覆盆子、橘子、胡萝卜、豆角、芹菜、黄瓜、巧克力、浓茶（红茶）、海鲜、海带、糖等。葡萄糖、酸橙、香菇、甜菜、核桃、菠菜、梨、西红柿、红薯等是高乙醇酸食物，奶粉是高钙食物也不宜进食。

4）胱氨酸结石：比较少见，有高胱氨酸尿时，应给予低蛋氨酸饮食，限制患者的肉类、蛋类和乳类食物。因可影响青年的生长发育，造成营养不良，故对青年患者不宜采用。

2. 药膳

●鸡内金赤豆粥

原料　鸡内金 20 克，赤小豆 40 克，粳米 30 克。

制作　鸡内金洗净研粉；赤小豆、粳米洗净。把赤小豆、粳米放入锅内，放清水适量，武火煮沸后，文火煮粥。粥成放鸡内金粉、白糖适量，搅匀再煮沸即可。

随量食用。

功效　具有利湿排石之功效。

●胡桃肉藕粉糊

原料　胡桃肉 100 克，藕粉 30 克，白糖适量。

制作　胡桃肉洗净，用食油炸酥，研磨成泥状，和藕粉一起用清水适量，调成糊状。煮沸清水适量，放入胡桃藕粉糊和白糖，不断搅拌，煮熟即可。随量食用。

功效　有排石止血的作用。

●海带绿豆甜汤

原料　海带 60 克，绿豆 80 克，白糖适量。

制作　海带浸透，洗净切丝；绿豆洗净，清水浸 30 分钟。全部原料一齐放入锅内，加清水适量，武火煮沸后，文火煮 1 小时，放白糖调甜汤，再煮沸即可。随量饮用。

功效　具有清热利湿之功效。

●巴戟胡桃炖猪小肚

原料　猪小肚 1 个，巴戟 30 克，胡桃肉 24 克。

制作　巴戟、胡桃肉洗净；猪小肚用粗盐擦洗净，用沸水烫过。将巴戟、胡桃肉放入猪小肚内，置于炖盅内，加开水适量，炖盅加盖，文火隔水炖 1 小时，调味即可。随量饮用。

功效 具润燥排石之功效。

●荠菜蜜枣猪小肚汤

原料 猪小肚1个,新鲜荠菜150克,蜜枣3个。

制作 荠菜洗净;蜜枣洗净;猪小肚用粗盐擦
洗净,用沸水烫过。把全部原料一齐放
入锅内,加清水适量,武火煮沸后,文
火煮1小时,调味即可。随量饮用。

功效 具有健脾胃、清热毒、利尿止血之功效。
适用于肾结石并尿路感染、尿频、尿痛、血尿
的患者食用。

(八) 急性肾功能衰竭

急性肾功能衰竭多数起病急骤、病情凶险、变化
快。绝大部分急性肾衰患者除其基础病因所造成的损害
外,常伴有蛋白质的高分解状态,每日可能有250克或
更多的蛋白质降解,且不管蛋白质的入量多少。机体通
常处于负氮平衡,机体蛋白质耗损,病情加重。饮食营
养对急性肾衰起着更重要、更直接的治疗作用。一般热
能摄入每日应在3 000千卡(12 600千焦)左右,以减
少自身蛋白质的消耗。如进食不足或不能进食,可用全
静脉高营养,包括高浓度葡萄糖、10%～20%的脂肪乳
剂和必需氨基酸,以改善负氮平衡情况,减缓血尿素氮

和肌酐的上升速度。

1. 少尿期

少尿期液体的摄入应以"量出而入"为原则，少尿型患者液体入量应少于 1 000 毫升/日，每日液体入量应小于前日排尿量＋大便、呕吐量＋引流液量及伤口的渗出量＋500 毫升（为不显性失水量－内生水量）。发热患者体温每升高 1℃，每小时每千克体重应增加入水量0.1毫升。

严格限制食物及药物中钾的摄入量。食物中如瘦牛肉、橘子、香蕉、炒花生、海带、紫菜、土豆、豆类制品等含钾量高应忌用。青霉素钾盐等药物不宜大剂量应用。

急性肾功能衰竭病人病情较重，常伴有胃肠道症状（恶心、呕吐），食欲不振，应进易消化、清淡、半流质饮食。

由于少尿期体内分解代谢加速、合并感染等因素，需要提供高热能饮食，每日热能应以每千克体重 30～45 千卡计算。同时，为了提供高热能低蛋白质饮食，碳水化合物可采用单糖及其制品供应，可给予葡萄糖、可可、巧克力等高热能食物。葡萄糖最好采用高渗液体，每日摄入量应不少于 100 克，不能口服者可采用鼻饲和胃肠外营养疗法。另外，为了提供足够的热能，可使用脂肪乳剂，脂肪乳剂可提供足够的必需脂肪酸及热能。

一般肾功能衰竭患者补充蛋白质每日每千克体重为0.6克，在补充的蛋白质总量中要求至少一半为优质蛋白质（动物蛋白质），对于高分解代谢或营养不良以及需接受透析治疗的患者，营养疗法需要时间往往较长，每日每千克体重应给予1.0～1.2克的蛋白质或氨基酸。

2. 多尿期

由于出现大量利尿后要防止脱水及电解质紊乱（低钾血症、低钠血症、低钙血症、低镁血症等）。应根据患者体重、血钠、血钾、血钙及血镁的测定结果及时予以补充。多尿期由于血尿素氮、肌酐逐渐降至接近正常范围，此时饮食中蛋白质摄入量可逐渐增加，以利于损伤的肾细胞的修复与再生，并逐渐减少透析次数直至停止透析。

●多尿期食谱

体重61千克，身高172厘米，血肌酐328微摩尔/升，蛋白质每日0.7克/千克体重。

早餐　麦淀粉饼＋牛奶：麦淀粉50克，面粉25克，牛奶240毫升，花生油5克，白糖10克。

午餐　红烧羊肉：羊肉50克，白萝卜80克，花生油5克，酱油2克，白糖2克。

炒青菜：青菜200克，花生油6克，味精1克，食盐1克。

红薯稀饭：红薯200克，大米50克。

晚餐　红烧青鱼块：青鱼80克，湿粉皮75克，花生油5克，酱油2克，食盐1克。

粉丝菠菜汤：菠菜200克，粉丝25克，麻油2克，味精1克，食盐1克。

　　　　麦淀粉饼：麦淀粉 75 克，面粉 25 克，

　　　　花生油 5 克，白糖 10 克。

　　　　水果：苹果 200 克。

　　总热能 2 036 千卡，蛋白质 46.1 克，脂肪 47.5

克，碳水化合物 356 克。

3. 恢复期

　　一般持续半年。应根据血肌酐及血清肌酐清除率调整饮食治疗。肾功能完全恢复者可按正常饮食给予；肾功能不全者，则以慢性肾功能不全饮食治疗；少数重症、病情复杂、年迈的患者以及原有肾脏病或已存在肾功能不全者，肾功能难以完全恢复，常遗留永久性肾功能损害，甚至需依赖透析维持生存。此时饮食治疗应按慢性肾功能不全饮食治疗原则或透析治疗的饮食治疗给予蛋白质、脂肪、碳水化合物，以维持患者正常营养水平，提高患者生活质量。

（九）慢性肾功能衰竭

　　慢性肾功能衰竭是指所有原发性或继发性慢性肾脏疾患所致、进行性肾功能损害所出现的一系列症状或代谢紊乱所组成的临床综合征。

　　临床上，根据肾功能损害的不同程度，可以分成几个阶段：

　　（1）肾功能不全代偿期：当肾单位受损未超过正常

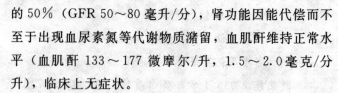

的50%（GFR 50～80毫升/分），肾功能因能代偿而不至于出现血尿素氮等代谢物质潴留，血肌酐维持正常水平（血肌酐133～177微摩尔/升，1.5～2.0毫克/分升），临床上无症状。

（2）肾功能不全失代偿期：肾单位受损，剩余肾功能低于正常的50%（GFR 50～20毫升/分），血肌酐186～442微摩尔/升（2～5毫克/分升），血尿素氮上升超过7.1毫摩尔/升（20毫克/分升），临床出现乏力、轻度贫血、食欲减退等周身症状。

（3）肾功能衰竭期：血肌酐升至451～707微摩尔/升（5～8毫克/分升），肌酐清除率降至10～20毫升/分，血尿素氮上升至17.9～28.6毫摩尔/升（50～80毫克/分升）。病人出现贫血、代谢性酸中毒、钙磷代谢紊乱、水电解质紊乱等。

（4）尿毒症期：血肌酐达707微摩尔/升（8毫克/分升）以上，肌酐清除率在10毫升/分以下，血尿素氮在28.6毫摩尔/升（80毫克/分升）以上，酸中毒症状明显，全身各系统症状严重。当肌酐清除率＜5毫升/分时，称为尿毒症终末期。

慢性肾功能衰竭的治疗方法包括内科疗法（又称非透析疗法）、透析疗法及肾移植术。透析疗法和肾移植术无疑是终末期肾功能衰竭患者的最佳治疗选择，但由于这些疗法价格昂贵，往往并不为大部分患者所接受。另外，有些肾脏病患者在进展至终末期肾功能衰竭之前，通过合理的内科治疗，可延缓其病程进展，少数尚能完全逆转其病变，因此应重视慢性肾功能衰竭的内科保守治疗。

1. 饮食调养原则

合理的饮食方案是治疗慢性肾衰的重要措施。通过饮食控制可以缓解尿毒症症状，延缓肾单位的破坏速度。

（1）限制蛋白饮食：低蛋白饮食可减轻肾脏负担。功能已经受损的肾脏，其残余的正常肾组织（小于正常肾单位50%）需要超负荷工作，以尽可能清除体内的全部"毒素"，而"毒素"主要来源于蛋白质代谢的"垃圾"。但是，这种超负荷工作会进一步损伤残存的正常肾组织，这就进入了一个恶性循环，也是慢性肾衰会"自动"进行性恶化的重要原因之一。限制了饮食中的蛋白质后，残余正常肾组织的工作负担明显减轻，对其自身的损伤自然减少，肾功能恶化的速度就相应减慢了。低蛋白饮食可减少毒素对肾脏的损害。肾衰病人体内有多种已知或未知的毒素，能够直接或间接地损伤肾脏。这些毒素多数都直接或间接地来源于蛋白质代谢废物的蓄积，所以限制饮食中蛋白质的量，能减少肾脏的进一步损伤。低蛋白饮食还可减少蛋白尿对肾脏的损伤。许多肾衰病人有蛋白尿，尿中的蛋白能直接损伤肾功能，低蛋白饮食能有效减少蛋白尿，也就减轻了肾脏损伤。

慢性肾衰患者的饮食调养方案，需根据慢性肾衰患者肾功能水平、病因（如糖尿病肾病、高血压病、慢性肾炎等）、营养状况、摄食及消化能力及饮食习惯等进行制订，尽量做到个体化，原则上应有利于患者保持良好的营养状况，或使营养不良得到改善；同时还应考虑到有利于控制肾脏基础疾病，保护肾功能。

制订饮食调养方案时，应首先保证患者蛋白质（氨基酸）的充分摄入，并兼顾维生素、矿物质等营养素的摄入。①慢性肾衰患者饮食中蛋白质的含量应根据患者肾功能损害程度而有所变化。肌酐清除率为 20～40 毫升/分（血清肌酐为176.8～353.6微摩尔/升）时，每日蛋白质摄入量为0.7～0.8克/千克体重。肌酐清除率为 10～20 毫升/分（血清肌酐为353.6～707.2微摩尔/升）时，每日蛋白质摄入量为0.6～0.7克/千克体重。肌酐清除率为小于 10 毫升/分（血清肌酐大于707.2微摩尔/升）时，每日蛋白质摄入量为0.6克/千克体重。一般认为肌酐清除率下降至 50 毫升/分时，便必须进行适当的蛋白质限制。②饮食中的蛋白质 60% 以上必须是富含必需氨基酸的蛋白质（即高生物价优质蛋白），如鸡蛋、鱼、瘦肉和牛奶等，尽可能少食富含植物蛋白的物质，如花生、黄豆及其制品等，因其含非必需氨基酸多。为了限制植物蛋白摄入，可部分采用麦淀粉作主食，以代替大米、面粉。

（2）供给足量的热能：摄入足量的碳水化合物和脂肪以供给人体足够的热能，就能减少蛋白质为提供热能而分解。因此，提供高热能的饮食可使低蛋白饮食的氮得到充分的利用，以减少体内蛋白质的消耗。人体每日需热能125.6千焦/千克体重（30 千卡/千克体重），消瘦或肥胖者应酌情予以加减。为了能摄入足够的热能，可多食用植物油和食糖。如觉饥饿，可食用甜薯、芋头、马铃薯、苹果、马蹄粉、淮山药粉、莲藕粉等。食物应富含 B 族维生素、维生素 C 和叶酸。氮（克）与热能（千卡）摄入比应为 1：（300～400），以保证蛋白质和氨基酸的合理利用，减少组织蛋白质的分解。食物中碳水化合物应占总热能摄入量的70%左右。

（3）合理摄入微量元素、维生素及水分：①除有水肿、高血压和少尿者要限制食盐外，一般对钠盐的摄入不宜加以严格限制。因为肌酐清除率大于10毫升/分的患者，通常能排出多余的钠，但在钠盐缺乏时却不能相应地减少钠的排泄，若禁钠过度，易发生低钠血症、脱水、肾血流量灌注不足、肾功能进一步恶化。②只要尿量每日超过1升，一般无需限制饮食中的钾。③给予低磷饮食，每日不超过600毫克。④每日补充1 000～1 500毫克钙。⑤维生素供给要充足。⑥尿少、水肿、心力衰竭者应严格控制进水量，对尿量大于1 000毫升而又无水肿者，则不宜限制水的摄入。

（4）控制食物中脂肪的含量：慢性肾功能衰竭病人的热能应主要由糖类（碳水化合物）提供，脂肪应占总热能的30%以下，其中动物脂肪（肥肉）应少于总热能的10%，其余的可用植物油补充。全天饮食中胆固醇不应超过300毫克。

（5）保持食物中适当的膳食纤维含量：膳食纤维有许多生理功能，适当补充膳食纤维有利于降低血浆总胆固醇。此外，膳食纤维可以减少结肠内细菌形成的氨，并通过保持大便通畅，排出肠道内的氮。这些都有利于血尿素氮的降低，有利于减轻尿毒症的症状。因此慢性肾功能衰竭时，饮食中需要一定量的膳食纤维。但是，膳食纤维过多会导致微量元素从肠道中丢失，同时高纤维食品常含有较多的钾、磷，蛋白质的利用率也会降低，不利于慢性肾衰患者。因此慢性肾功能衰竭时，饮食纤维应适量，以每日 20 克左右为宜。

根据上述原则与方法进行饮食调养，大多数慢性肾衰非透析患者尿毒症症状可获得改善。若已开始透析的患者，应改为透析时的饮食调养方法。

(6) 合理补充必需氨基酸：慢性肾功能衰竭患者体内氨基酸代谢紊乱，表现为必需氨基酸和非必需氨基酸中组氨酸、酪氨酸水平降低，而其他非必需氨基酸常过剩。由于食物中蛋白质所含必需氨基酸的量不可能大于 50%，因此只能补充适量的必需氨基酸加组氨酸、酪氨酸才能使慢性肾衰患者体内的必需氨基酸与非必需氨基酸的比例适当，才能增加蛋白质的合成。

如果肌酐清除率小于 5 毫升/分，则要将每日蛋白质摄入减至 20 克。这虽可进一步降低血中含氮的代谢产物，但由于摄入蛋白质太少，如超过 3 周，则会发生蛋白质营养不良症，必须加用必需氨基酸及其 α-酮酸混合制剂，才可使尿毒症患者长期维持较好的营养状态。中晚期慢性肾衰患者均有明显的必需氨基酸缺乏，而普通饮食蛋白质中必需氨基酸含量均低于 50%，难以满足患者需要，而补充外源性必需氨基酸，即可使体内必需氨基酸/非必需氨基酸比例失调得到纠正，因而有利于蛋白质合成，也可使含氮代谢产物的生成减少。

必需氨基酸的补充可由口服和静脉滴注两种途径进行，后者对食欲不振患者更适合。口服常用量为每日 4 次，每次14.5 克；静脉滴注为每日 200～250 毫升或 0.2～0.3克/千克体重。α-酮酸是氨基酸前体，通过转氨基或氨基化的作用，在体内可转变为相应的氨基酸，其疗效与必需氨基酸相似。

慢性肾功能衰竭、维持性透析患者，必需氨基酸丢失，形成营养不良，可以低蛋白饮食加必需氨基酸作为辅助治疗。部分急性肾功能衰竭、无严重高分解状态者，在密切监测肾功能的情况下，可以在低蛋白饮食的同时，予以必需氨基酸制剂，静脉给药，同时严格控制水、电解质平衡。

慢性肾功能衰竭患者营养不良可从以下指标判断：①生化参数：血清白蛋白浓度小于 40 克/升；血清转铁蛋白浓度小于 2 克/升；血清胰岛素样生长因子-1 浓度小于 20 纳克/毫升（20 微毫克/毫升）；血清前白蛋白浓度小于0.3克/升或下降趋势；血清肌酐浓度明显下降而尿毒症症状加重或肌酐动力学异常下降。②人体学测量：体重进行性下降或低于理想体重85%；皮褶厚度、中臂肌围或肌肉异常。③身体成分分析：干体重下降（由生物电阻抗或 EDDEXA 测得）；总体氮和/或（氮）指数（观察值/预期值）下降。④饮食评价：自发性低蛋白饮食（每日小于0.7克/千克体重）和蛋白分解率增加（每日大于1.0克/千克体重）。

表 12　每 100 克食物中蛋白质、必需氨基酸和非必需氨基酸含量

食物名称	蛋白质含量（克）	必需氨基酸		非必需氨基酸	
		含量（克）	百分率（%）	含量（克）	百分率（%）
全鸡蛋	12.6	6.12	48.6	6.48	51.4
牛乳	3.1	1.47	47.4	1.63	52.6
瘦猪肉	16.7	7.05	42.2	9.65	57.8
肥猪肉	2.2	0.93	42.2	1.27	57.8
鱼类	13	5.68	43.7	7.32	56.3
粳米	6.8	2.61	38.4	3.19	61.6
籼米	7.8	2.75	35.4	5.07	64.6

食物名称	蛋白质含量（克）	必需氨基酸		非必需氨基酸	
		含量（克）	百分率（％）	含量（克）	百分率（％）
标准面粉	9.9	3.25	33.8	6.65	67.2
黄豆	36.3	14.11	38.9	22.19	61.1
土豆	1.9	0.70	36.8	1.2	63.2

表 13　每 100 克代用主食的蛋白质含量及热能

品名	蛋白质含量（克）	热能（千卡）
藕粉	0.8	360
南瓜	0.5	29
土豆	1.9	78
芋头	2.2	78
红薯	2.3	127
粉丝	0.3	341
粉皮	0.02	80

2. 饮食方案

（1）制定食谱步骤：

●例

　　患者陈某，男性，身高 170 厘米，体重 55 千克，教师。诊断为慢性肾功能不全失代偿期，血肌酐 257.5 微摩尔/升，血尿素氮 10.8 毫摩尔/升，计划进行饮食治疗。

　　第一步：计算标准体重。

　　标准体重（千克）＝身高（厘米）－105

　　标准体重的±10％即为理想体重，超过 20％视为肥胖，低于 20％为消瘦。

　　患者的标准体重＝170－105＝65（千克），而实际患者体重为 55 千克，低于标准体重 18%，接近消瘦。职业为教师，属轻体力劳动。

第二步：计算每日所需总热能。

全天所需总热能＝标准体重×每日摄入热能标准

表 14　成人慢性肾功能不全患者每日热能供给量

(千卡/千克标准体重)

劳动强度	消瘦	理想	肥胖
休息(卧床休息)	30	25	20
轻体力劳动(日常生活、坐式工作)	35	30	25
中体力劳动	40	35	30
重体力劳动	45	40	35

从表 14 中查得轻体力劳动的消瘦患者，每日每千克标准体重应摄入热能为 35 千卡，该患者全天所需总热能＝65(千克)×35(千卡/千克)＝2 275千卡。

第三步：计算每日蛋白质的摄入量。

每日蛋白质摄入量＝标准体重×每日每千克体重蛋白质摄入量，其中优质蛋白质应占 60%～70%。

表 15　慢性肾功能不全水平每日蛋白质供应量

	血清肌酐清除率(毫升/分)	血清肌酐(微摩尔/升)	蛋白质摄入量(克/千克标准体重)
慢性肾功能衰竭期	20～40	177～442	0.7～0.8
尿毒症期	10～20	442～707	0.6～0.7
尿毒症终末期	＜10	＞707	0.5～0.6

由该患者的血肌酐水平在表中查得每日蛋白质摄入量为0.8克/千克标准体重，所以该患者每日应摄入蛋白质的总量＝标准体重×0.8＝65×0.8＝52

克，其中优质蛋白质应占 60%～70%，约为 31～36 克，其余由植物蛋白提供。

第四步：按照食品交换份的原则，计算食品交换份份数。

食品交换份数＝每日所需总热能÷90（千卡/份）＝2 275÷90＝25 份

按食品交换份法计划食谱、安排饮食。

表 16　不同热能限量的膳食安排

	全日热能（千卡）	蛋白质总量（克）	优质蛋白质（克）	非优质蛋白质（克）	淀粉类（份）	谷类（份）	乳类（份）	瘦肉类（份）	蔬菜类（份）	鲜果类（份）	油脂类（份）
尿毒症终末期	2 200	20	13.5	7	14	0	0.5	1	2	1	4
尿毒症期	2 270	30	17	13	12	4	1	1	2	1	4
慢性肾功能衰竭期	2 260	40	22	17	10	6	1	1.5	2	1	4

注："份"指食品交换份单位。

上述病人每日应摄入蛋白质的总量为 52 克，蛋白质总量大于 40 克，优质蛋白大于 22 克，可选择第三项食品交换法计划安排食谱。

表 17　不同蛋白质限量的膳食安排

全日膳食中蛋白质（克）	全日交换份（单位）	淀粉类（克）	谷类（克）	乳类（毫升）	肉类（克）	蛋类（个）	蔬菜类（克）	水果类（克）	食糖类（克）	油脂类（克）
20	18	350		牛奶 100	25	1	500	200	50	40
30	19	250	大米 100	牛奶 200	25	1	500	250	50	40
40	20	200	大米 150	牛奶 200	50	1	500	250	50	40

第五步：参考表 18 分配食物，根据自己习惯和嗜好选择并交换食物。

表18 膳食方案表

全日膳食蛋白质量（克）	20	30	40
早餐	牛奶125毫升加糖、麦淀粉饼50克	牛奶250毫升加糖、麦淀粉蒸糕50克	牛奶250毫升加糖、煎麦淀粉饼、土豆饼50克
午餐	麦淀粉蒸饺150克（瘦肉25克、芹菜）、黄瓜粉丝汤	米饭100克、烙麦淀粉饼50克、西红柿炒蛋1个	米饭150克、肉片菜花（肉片50克）、拌西红柿
点心（加餐）	苹果1个（200克）	鸭梨250克	桃子250克
晚餐	烙麦淀粉糖饼150克、煎鸡蛋1个、拌拌黄瓜	烙麦淀粉饼150克（瘦肉25克、小白菜）、菠菜粉丝汤	焖麦淀粉面条150克（鸡蛋1个、黄瓜片、木耳）、甜酸莴笋丝、氽小萝卜片汤

（2）食谱：以下食谱，肉食等食品按照交换份表的重量摄取。

● 每日蛋白质摄入总量20克
（尿毒症终末期）

早餐 麦淀粉奶油包（甜）、牛奶、酱豆腐（1/4块）、凉拌二丝（芹菜、黄瓜）。

加餐 藕粉（甜）、猕猴桃。

午餐 麦淀粉蒸饼、西红柿炒鸡蛋（糖）、醋炒豆芽、菠菜汤。

加餐 麦淀粉饼干（糖）。

晚餐 麦淀粉卤面条（肉末、木耳、黄花菜）、素炒蒿子秆。

●每日蛋白质摄入总量 30 克 （尿毒症期）

早餐 麦淀粉奶油包（甜）、煮蛋、酸奶、生西红柿 1 个。

加餐 杏仁茶（甜）、麦淀粉饼干。

午餐 麦淀粉发糕、肉末柿子椒炒土豆丝、烧小萝卜、大米粥。

加餐 猕猴桃。

晚餐 麦淀粉千层饼（肉夹甜芝麻酱）、肉汤炖豆腐胡萝卜粉丝、糖醋藕片。

●每日蛋白质摄入总量 40 克 （慢性肾功能衰竭期）

早餐 蒸红薯、酸奶、凉拌菠菜、蒸蛋羹。

加餐 加糖绿豆汤、麦淀粉饼干。

午餐 米饭 100 克、炒圆白菜、肉片烧茄子配柿子椒西红柿、红豆粥。

加餐 冲菱角粉、苹果。

晚餐 麦淀粉馒头(50 克面粉)、炒芹菜配豆干。

3. 药膳

●鸡肠饼

原料 公鸡肠 1～2 副，面粉 200 克，葱 2 根。

制作 葱去须，洗净切葱花；鸡肠剪开，用粗

盐擦洗净，焙干研粉(或剁烂)。把全部
原料放入小盆内，加清水适量、食盐少许，
合揉成面团，烙制成小饼。随量食用。

功效 具有补肾气、缩小便之功效。

适用于慢性肾功能不全代偿期食用。

●眉豆饭

原料 眉豆30克，粳米随量。

制作 将眉豆、粳米洗净，加清水适量煮饭。
随量食用。

功效 具有健脾益肾消肿之功效。

适用于慢性肾功能不全代偿期食用。

●韭黄炒猪腰

原料 猪腰1个，韭黄100克。

制作 韭黄洗净切小段；猪腰洗净，去脂膜，
切薄片。起油锅，下猪腰翻炒几遍后，
放入韭黄同炒，用盐调味，炒熟即可。
随量食用或佐餐。

功效 具有补肾祛湿之功效。

适用于慢性肾功能不全代偿期食用。

●花生焖猪尾

原料 猪尾1条，花生米60克。

制作 花生洗净；猪尾刮净毛，洗净斩小段。
全部原料放入锅内，清水适量，武火煮
沸后，文火焖1～2小时，调味即可。

随量食用或佐餐。

功效　具有健脾和胃、益肾利水之功效。

适用于慢性肾功能不全失代偿期食用。

●附子鹿筋猪腰汤

原料　鹿筋 100 克，猪腰 1 个，附子 30 克，生姜 1 片。

制作　将附子、生姜洗净；鹿筋洗净，浸软切短段；猪腰切开去脂膜，洗净切片。全部原料一齐放入锅内，加清水适量，武火煮沸后，文火煮 2～3 小时，调味即可。随量饮汤食用。

功效　具有温补肾阳、散寒祛湿之功效。

适用于慢性肾功能不全失代偿期患者食用。

●荷叶杜仲猪腰汤

原料　猪腰 1 个，杜仲 30 克，鲜荷叶半张。

制作　杜仲洗净，切细丝；荷叶洗净，分小块卷成小卷，用线扎好；猪腰切开去脂膜，洗净切片。全部原料一齐放入锅内，加清水适量，武火煮沸后，文火煮 1 小时，去荷叶，调味即可。随量食用。

功效　具有补肝肾、泄湿浊之功效。

适用于慢性肾功能不全失代偿期患者食用。

●土茯苓黄芪猪骨汤

原料　猪脊骨 500 克，土茯苓 60 克，黄芪 30 克。

制作 土茯苓、黄芪洗净；猪脊骨洗净，斩件。全部原料一齐放入锅内，加清水适量，武火煮沸后，文火煮1～2小时，用盐调味即可。随量食用。

功效 具有健脾益气、利水消肿之功效。

适用于慢性肾功能不全代偿期、失代偿期患者食用。

（十）肾病综合征

肾病综合征的治疗不应仅以减少或消除尿蛋白为目的，还应重视保护肾功能，减缓肾功能恶化的程度，预防并发症的发生。

当肾病综合征发生时，应以卧床休息为主。卧床可增加肾血流量，有利于利尿，并减少同外界接触以防交叉感染，但应保持适度床上及床边活动，以防肢体血管血栓形成。当肾病综合征缓解后，可逐步增加活动，有利于减少并发症，降低血脂。如活动后尿蛋白增加（恢复期常出现活动后蛋白尿），则应酌情减少活动。

1. 饮食调养原则

肾病综合征患者常伴有胃肠黏膜水肿及腹水，影响消化吸收，在肾病综合征早期及极期应进易消化、清淡、半流质饮食。

（1）补充足量蛋白质：肾病综合征患者由于呈现大

量蛋白尿被认为经常处于饥饿状态，即有营养不良，特别是蛋白质营养不良。由于大量蛋白尿的排出，蛋白丢失过多，同时蛋白质分解代谢增多。丢失的蛋白中主要是白蛋白，造成低白蛋白血症。血浆白蛋白的绝对值（并非百分值）减少 1 克，相当于组织蛋白减少 30 克。大量蛋白尿的患者，在蛋白质入量充分且肝脏功能正常时，其肝脏合成白蛋白的能力可以从平时的每日 7～15 克，代偿增加到每日 55 克，从理论上讲应该能补偿所丢失蛋白质。但肾病综合征患者的肾脏对白蛋白分解代谢也增加。分解后的一部分氨基酸由于肾小管的重吸收作用，回到体内被重新利用。同时由于肾病综合征时，肾外的蛋白质分解代谢减少，也部分抵消了肾小管对蛋白质的分解代谢，所以肾病综合征患者蛋白质总的分解代谢率正常或稍增加。

肾病综合征患者由于每日从尿中丢失大量蛋白质，机体处于蛋白质缺乏状态，应给予补充足够蛋白质，每日的蛋白质入量应满足：①人体每日最低需要量。②补足每日尿中丢失量。③补足既往机体缺少量。④补足应用肾上腺皮质激素增加蛋白质分解的量（每 30～40 毫克泼尼松，可使 19 克蛋白质分解）。这样每日蛋白质入量至少要 90～100 克。但高蛋白饮食可使肾小球滤过率增高，尿蛋白排出量增加，促进肾小球硬化。所以只强调蛋白质缺乏而应用高蛋白饮食是不全面的，应给予既能避免负氮平衡，又能避免高蛋白对肾脏损害的蛋白质入量。

从以上的论述可以看出，由于肾病综合征患者呈负氮平衡，表明本病处于蛋白质营养不良状态，因此在肾病综合征的早期、极期，应给予较高的优质蛋白质摄入，以每日给 1～1.5 克/千克体重蛋白质为宜，有助于缓解低蛋白血症及随之引起的一些并发症。

动物实验及人类肾脏病观察均证实限制蛋白质入量可减缓慢性肾功能损害的发展。肾病综合征病人经低蛋白加必需氨基酸及酮酸治疗后，尿蛋白减少，肾功能好转。因此对于慢性、非极期的肾病综合征患者，蛋白质摄入量要减少，以每日每千克体重供给优质蛋白质0.7～0.8克为宜。至于出现慢性肾功能损害的肾病综合征患者，则应按照慢性肾功能衰竭的饮食治疗方案，给予低蛋白饮食，每日每千克体重给予优质蛋白质0.5～0.6克。

（2）低脂摄入：①低脂摄入是肾病综合征饮食治疗中应加以注意的问题。脂肪应占总热能的 28%，应给予不含胆固醇或低胆固醇（胆固醇每日少于 300 毫克）、富含不饱和脂肪酸的食物。②由于肾病综合征患者血脂代谢不正常，均有高脂血症，因此选用富含可溶性纤维（燕麦、米糠等）的饮食，有利于降脂。

（3）合理供给热能：①病人每日膳食的热能应根据标准体重计算，休息时给予 25～30 千卡/千克体重、轻体力劳动给予 30～35 千卡/千克体重、中体力劳动给予 35～40 千卡/千克体重、重体力劳动给予 40～45 千卡/千克体重。超重及肥胖者要给予低热能，消瘦或营养不良者要给予高热能。②由于患者在治疗中使用糖皮质激素及细胞毒素药物，因此要选择复含碳水化合物的食物来补充热能。严格限制单糖饮食。食糖、果糖及其制品尽量少用，水果每日 150～200 克，一般不超过 250 克。单糖及水果易使血糖升高，易发生药物性糖尿病。

（3）低盐饮食：水肿时应进低盐饮食，每日摄取食盐 2～3 克。禁用腌制食品，尽量少用味精及食碱。

（4）补充微量元素：由于尿中大量丢失铜、锌、铁等元素，应在饮食中给予补充。

2. 药膳

●茅根赤豆粥

原料 鲜茅根 200 克，赤小豆 60 克，大米 200 克。

制作 鲜茅根洗净，加水适量，先煎半小时，捞出药渣，再加入洗净的赤小豆、大米，继续煎成粥。一日分数次食用。

功效 具有利尿消肿作用。

●母鸡黄芪汤

原料 母鸡 1 只（约 500 克），黄芪 50 克。

制作 炖烂食用。

功效 母鸡能补益五脏、疗五劳、益气力、添髓补精、助肠气、利水消肿。

●甲鱼汤

原料 甲鱼 1 只。

制作 甲鱼不加盐，清炖吃。

功效 甲鱼能添补强壮，治疗低蛋白血症所致水肿。

●鲤鱼汤

原料 鲜鲤鱼500克，生姜20克，葱20克。

制作 煮汤，可常服。

功效 利尿消肿。可纠正低蛋白血症。

●蚌肉炖老鸭

原料 蚌肉60克，老鸭肉150克，生姜2片。

制作 蚌肉洗净；老鸭肉洗净斩块；生姜洗净。全部用料一齐放入炖盅内，加开水适当，炖盅加盖，文火隔开水炖2小时，调味即可。随量饮汤食用。

功效 具有滋阴补肾、行水除烦之功效。

适用于肾病日久，肝肾阴亏、阴虚内热者，以及长期使用激素治疗的肾病综合征患者。

●赤小豆焖鲤鱼

原料 鲤鱼1条（约250克），赤小豆80克，生姜2片，陈皮3克。

制作 赤小豆洗净，浸半小时；鲤鱼留鳞去鳃、肠脏，洗净；生姜、陈皮洗净。起油锅，煎鲤鱼，加清水适量，放入赤小豆、生姜、陈皮。武火煮沸后，文火焖1小时，调味即可。随量食用或佐餐。

功效 具有调理气血、下气消肿之功效。

适用于慢性肾炎、肾病综合征患者伴有腹水

者，有利尿消肿之效。

●砂仁甘草蒸鲫鱼

原料 鲫鱼 1 条（150～250 克），砂仁 6 克，甘草 3 克。

制作 砂仁去壳，甘草洗净，一齐捣烂；鲫鱼去鳞、肠脏、鳃，洗净。把砂仁、甘草放进鱼腹缝合，放碟中，隔水蒸熟，不加油盐调味。随量食用或佐餐。

功效 具有健脾暖胃、利水退肿之功效。

适用于肾病综合征、水肿者。食用本品时，应忌盐 20 天，并连食数条为宜。

●薏苡仁粥

原料 薏苡仁 40 克，粳米 30 克。

制作 薏苡仁、粳米洗净，放入锅内，加清水适量，武火煮沸后，文火煮成粥，加白糖调成甜粥。随量食用。

功效 具有健脾利水之功效。

适用于肾病综合征水肿者。体质虚寒者，薏苡仁宜炒用。炒用的薏苡仁健脾功效较强。胃酸过多者，宜将薏苡仁粥用盐调成咸粥。

●黄花菜蒸肉饼

原料 猪瘦肉 150 克，黄花菜 30 克，姜 2 片。

制作 黄花菜、猪瘦肉洗净，生姜洗净。将用料一齐剁成肉酱，放碟上，加盐 1 克，调味。文火隔水蒸熟。随量食用或佐餐。

功效 具有益气养血、利尿消肿之功效。

适用于肾病综合征合并贫血、高血压、水肿的患者。

●扁豆薏苡仁青蛙汤

原料 青蛙3只（150～200克），扁豆30克，薏苡仁15克，生姜2片，陈皮3克。

制作 扁豆、薏苡仁洗净浸半小时；生姜、陈皮洗净；青蛙去皮、肠脏、趾、洗净斩件。全部用料一齐放入锅内，加清水适量，武火煮沸后，文火煮1～2小时，调味即可。随量饮用。

功效 具有健脾肾、利水湿之功效。

适用于肾病综合征患者经激素治疗后逐渐消肿利尿期。青蛙中的虎纹蛙为保护动物，禁止捕捉，本汤选用牛蛙。

●海参鸭肉汤

原料 老鸭肉150克，海参30克，生姜2片，葱1根。

制作 生姜洗净；葱去须洗净切段；鸭肉洗净切片；海参水发后洗净切薄片。油盐起锅，放清水适量，煮沸后放鸭肉、海参。武火煮沸后，文火煮1小时，放姜、葱煮沸，调味即可。随量饮汤食用。

功效 具有补肝肾、滋阴液之功效。

适用于肾病综合征激素应用后，出现库欣综合征或伴有高血压患者。

●冬瓜皮蚕豆瘦肉汤

原料 猪瘦肉 100 克，冬瓜皮（干）60 克，蚕豆（新鲜）60 克。

制作 冬瓜皮、蚕豆洗净；猪瘦肉洗净，切件。全部用料一齐放入锅内，加清水适量。武火煮沸后，文火煮 1 小时，调味即可。随量饮用。

功效 具有补肾健脾、利湿退肿之功效。

适用于肾病综合征早期治疗患者。蚕豆过敏者不宜饮用本汤。

●枸杞子芡实炖乳鸽

原料 乳鸽 1 只，枸杞子 15 克，芡实 20 克。

制作 枸杞子洗净；芡实洗净浸半小时；乳鸽去毛、肠脏、爪，洗净。把枸杞子、芡实放在乳鸽腹内，置于炖盅内，加开水适量，炖盅加盖，文火隔开水炖 1 小时，调味即可。随量饮汤食肉。

功效 具有补肾固精之功效。

适用于肾病综合征伴慢性肾功能不全患者食用。

●三子炖猪小肚

原料 猪小肚 1 个，猪瘦肉 60 克，枸杞子 15 克，菟丝子 15 克，韭菜籽 15 克。

制作　枸杞子、菟丝子、韭菜籽洗净；猪瘦肉
　　　　洗净，切片；猪小肚用粗盐擦洗净，用
　　　　沸水烫过。把枸杞子、菟丝子、韭菜籽
　　　　放入猪小肚内缝合，与猪瘦肉一齐放入
　　　　炖盅内，加开水适量，炖盅加盖，文火
　　　　隔开水炖2小时，调味即可。随量饮用。

功效　具有滋肾阴、补肾阳之功效。

适用于肾病综合征激素治疗者或肾病综合征并
慢性肾功能不全者食用。

四、肾移植患者的饮食调养

1. 肾移植后营养素需求的改变

肾移植后的饮食治疗要求给予充足的热能和优质高价蛋白质，以促进伤口愈合。与此同时，应根据肾功能恢复程度对饮食作必要的调整，在饮食治疗上采取相应的措施，减少药物治疗的副作用。

肾移植后需要抑制排斥反应，免疫抑制剂必须终生应用，而免疫抑制剂对蛋白质、糖、钠盐、钙等代谢均有影响。

（1）热能：根据病人病情、性别、体重、身体体力活动、劳动强度等计算每日所需的热能。若体重大于标准体重5%～10%，营养治疗的基本原则是控制总热能，每日按25千卡/千克体重供给，注意碳水化合物和脂肪的摄入量，并鼓励病人参加适当的体育活动，使体重降至低于标准体重5%，有利于血中环孢素浓度的维持，以减少环孢素的用量。凡体重低于标准体重20%或虚弱者，应供给足够的热能，每日按40千卡/千克体重供给，使体重逐步恢复正常。成人轻体力劳动按30～35千卡/千克体重供给热能。

（2）蛋白质：免疫抑制剂能加速蛋白质分解，抑制合成，使蛋白质消耗增加，故应适当增加蛋白质的供给量。成人每日按1.0～1.2克/千克体重供给，感染和排异者除外；儿童按 2～3 克/千克体重供给；孕妇、乳母、营养不良及有其他消耗性疾病者可增加到按1.5～2.5克/千克体重供给。从生理角度来讲，肾移植后的病人虽然肾功能已恢复正常，但还应注意保护移植肾，不要让其增加过多的不必要的负担，也就是说饮食中的蛋白质的量不要过多。蛋白质过多，虽然可以从尿中排出，但增加了肾脏的负担。

(3) 豆和面制品供给：肾功能稳定，血肌酐持续在135 微摩尔/升以下，血红蛋白、血浆白蛋白、肝功能稳定在正常范围，没有明显的感染、排异，健康状况良好的病人，可在术后 3～6 个月后进食豆类及面、豆制品，每日低于 50 克。豆类包括黄豆、赤豆、绿豆、蚕豆、毛豆、青豆、黑豆等。豆制品包括豆干、豆腐、油豆腐、百叶、素鸡、腐竹、豆腐衣、臭豆腐、红腐乳、蚕豆芽、黄豆芽及豆酱等。面制品包括烤麸、水面筋、油面筋等。由于豆腐、豆腐脑、黄豆芽、新鲜蚕豆、小豌豆等含植物蛋白的量只有 5%～8%，可适当增加用量。含蛋白质 4% 以下的刀豆、豇豆、豌豆苗、绿豆芽、扁豆等蔬菜及豆酱，可以随意选用。

2. 肾移植后饮食调养原则

(1) 低盐饮食：手术后，除流质饮食 1～2 天外，均需低盐饮食，每日供给食盐 3～4 克或酱油 20 毫升。因 20% 的病人在术前有高血压病史，且已引起左心室肥厚，甚至心衰等，术后大部分病人因疾病和免疫抑制剂的应用等原因，仍存在不同程度的高血压，有些患者可用药物控制，少数患者难以用药控制。此外，少数病人由于低蛋白血症出现水肿，故在手术后半年恢复期内，仍需给予低盐饮食，有利于高血压的恢复，特殊情况例外。长期饮食中钠盐需要量根据有无水肿、高血压及尿量情况而定。若有水肿或高血压，或少尿，应继续低盐饮食。若无上述情况，饮食则应偏淡，每日食盐 6～8 克。小剂量的免疫抑制剂有轻度水钠潴留的副作用。腹泻时饮食中钠盐的用量可适当增加，防止低钠血症。

（2）严格限制单糖饮食：食糖、果糖及其制品尽量不用，水果每日 150～200 克，一般以不超过 250 克为佳。在使用泼尼松时，多食水果易使血糖升高；夜里如有饥饿感，可在睡前吃些水果。在长期使用免疫抑制剂的情况下，多用食糖及其制品容易诱发药物性糖尿病。

（3）限制豆制品：术后 3～6 月，忌用豆类及其制品和含植物蛋白质较高的面制品，3～6 个月后可根据病情给予豆类及其制品。

（4）限制胆固醇的摄入量：由于免疫抑制剂可引起高脂血症，导致动脉硬化，因此饮食宜清淡，防止油腻食品，不要食用油煎、炸的食品，且必须限制食用含胆固醇高的食物，如动物内脏、蛋黄、猪蹄、软体鱼、目鱼等。同时需增加食物纤维的供给，可食用燕麦片等。

（5）忌用提高免疫功能食物：忌用提高免疫功能的食品及保健品，如白木耳、黑木耳、香菇、红参、蜂皇浆及人参等。患者在使用各种保健品时应谨慎，以免降低环孢素的免疫抑制作用。

（6）注意补钙：免疫抑制剂可抑制肠道钙的吸收，

增加钙的排泄，长期使用可导致骨质疏松，进而产生骨质软化，因此应多食富含钙的食物，如牛奶、牛肉制品、鱼罐头、小虾皮、浓汁骨头汤及绿叶蔬菜等。钙的食物来源以奶制品为最好，不但含钙高，而且吸收率也高。

（7）选择复合碳水化合物食物：采用适量蛋白饮食的同时，必须吃碳水化合物丰富的食品，如米饭、面条、馒头、面包、藕粉等。如食欲不佳，只吃富含蛋白质的食品而不吃主食，进食的蛋白质在体内不能发挥蛋白质的主要作用，而转变为热能消耗，对健康有害无益。故在食用动物性食品如鸡、鸭、鱼、肉、蛋时，必须同时食用米饭、面包、馒头、藕粉等，使得食入的蛋白质能充分发挥作用，同时应供给平衡饮食。在病人食欲不佳时，不要太勉强进食，一般八九成饱即可，以少食多餐为佳。

（8）防止体重增加过快：应防止肾移植后期体重增长过快，一般体重在术后 1～2 个月时增加较快。消瘦者如术后体重增加大于 10％ 时，应适当控制主食，蛋白质应适当减少，防止短期内体重增长过快，影响体内环孢素的浓度。术后体重最好能维持在低于标准体重5％范围内。

（9）注意饮食卫生：由于免疫抑制剂的使用，机体免疫能力降低，故选择食品一定要新鲜，忌用腐败变质的食品。烹调食物时，切成小块，烧熟烧透，避免外熟里生，尽量不要吃外买的绞碎的肉糜。在炎热的夏天或免疫抑制剂用量增加或使用冲击剂量时，更应注意饮食卫生。此外，容器、碗、筷要消毒，防止免疫功能低下时引起的胃肠道感染，以及腹胀、呕吐、腹泻等。

3. 饮食调养方法

（1）肾移植后肾功能正常时的饮食调养：肾移植术后肾功能恢复正常，血清肌酐在135微摩尔/升以下者，饮食调养可按以下3个阶段进行。

1）术后前期饮食调养：术后前期饮食调养极为重要，饮食调养是否正确与患者肾功能的恢复有着密切关系。

术后第1～2天：禁食，由于手术麻醉，肠蠕动尚未恢复正常，进食可致腹胀。

术后第3～4天：病人若已经有肛门排气，可给予无蔗糖或3%低蔗糖优质低蛋白流质。病人肾功能尚未恢复正常，应适当限制蛋白质的食入量。由于大剂量泼尼松龙及泼尼松的应用，很多患者在术后可出现不同程度的高血糖，尤其在术后3～5天，因此饮食中必须尽量限制单糖和蔗糖及其制品的用量。过甜的流质、牛奶等可加重腹部胀气。术后肠蠕动缓慢，又因卧床休息，多食易产气的食物可致腹胀，增加伤口疼痛，影响食欲，要多用藕粉、淀粉等作为热能来源。由于术后2～3天，患者还处于多尿期，水和盐不必限制，食盐一般每日5～8克，每日流质饮食供给的热能在500千卡以上，蛋白质24克，其中优质蛋白质占80%以上。

术后3～5天：为试餐期，患者肾功能已恢复正常，给予易消化、无刺激、质软的半流质饮食，每日供给热能1 500～1 725千卡、蛋白质55～60克、食盐4～5克。

术后5～7天后：术后5～7天直至术后2～3个月，由于常规免疫抑制剂的使用，病人食欲一般很快改善，应尽早给予优质蛋白质、高维生素、低盐饮食，根据食欲和体重每日供给热能35～45千卡/千克体重，蛋白质1.6～2.4克/千克体重，多补充含维生素丰富的新鲜蔬菜及水果，但水果通常不超过每日250克，并多补充能通水利尿、含脂肪少的鱼类如墨鱼、鲤鱼、鲫鱼及冬瓜、薏苡仁等食物。为了预防免疫抑制剂引起的高脂血症，减轻移植肾血管和全身血管粥样硬化斑块形成，给予高纤维素食物，如燕麦每日50克。食物纤维可影响钙盐的吸收，而免疫抑制剂除能抑制肠道的钙吸收外，还增加钙的排出，故一定要注意钙的补充。每日可增加牛奶220～450毫升。鸡蛋则根据血清总胆固醇的水平，每日1个或隔天1个。

肾移植患者由于长期患病及应用透析疗法，导致营养丢失、术前营养状况较差，加之手术时消耗出血、术后禁食及免疫抑制剂的常规应用，尤其在术后初期蛋白质分解代谢增加、合成减少，病人易处于严重蛋白质缺乏状态，影响伤口愈合。此期间应根据肾功能恢复和食欲好转情况，抓紧时间补充高蛋白食物，同时不能忽视主食的摄入。这对改善体内蛋白质缺乏和促进伤口愈合有重要意义。

●术后前期食谱

患者身高170厘米，体重55千克。

本期推荐每日摄入食物量及食品组成如下：牛奶220～450毫升，鸡蛋1个，肉松5克，瘦肉类（包括猪肉、牛肉、羊肉等）110克，禽类（鸡、鸭、鹌鹑、鸽等）毛重150克；鱼类（选用鲫鱼、

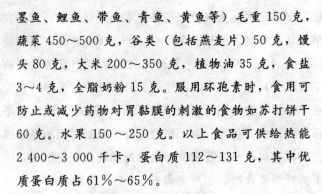

墨鱼、鲤鱼、带鱼、青鱼、黄鱼等）毛重150克，蔬菜450～500克，谷类（包括燕麦片）50克，馒头80克，大米200～350克，植物油35克，食盐3～4克，全脂奶粉15克。服用环孢素时，食用可防止或减少药物对胃黏膜的刺激的食物如苏打饼干60克。水果150～250克。以上食品可供给热能2 400～3 000千卡，蛋白质112～131克，其中优质蛋白质占61％～65％。

2）术后恢复期饮食调养：术后2～6个月，若无明显排斥和感染时，蛋白质饮食每日1.3～1.5克/千克体重，热能根据标准体重而定。体重低于标准体重10％～20％时，每日热能为35～45千卡/千克体重。推荐的每日摄入食物量及食品组成为：牛奶220毫升，鸡蛋1个，肉松5克，猪大排（毛重）100克，墨鱼（毛重）175克，蔬菜450克，谷类包括燕麦片50克，馒头100克，大米250克，团粉10克，米仁20克，植物油35克，食盐3～4克，苹果200克。服用环孢素时可食用苏打饼干60克，全脂奶粉15克。

体重等于标准体重时，每日热能按30千卡/千克体重供给；体重大于或等于标准体重10％时即应限制饮食中的热能，通常每日热能按25千卡/千克体重提供。

●术后恢复期食谱

早餐 牛奶220毫升，燕麦片40克，馒头50克，煮鸡蛋1个，酱油5克。

午餐 粳米75克，炒空心菜200克（花生油10克、盐1克），冬瓜墨鱼汤（冬瓜

100 克、墨鱼 150 克、花生油 5 克、盐
1 克）。

晚餐 粳米 75 克，青椒胡萝卜炒肉片（青椒
150 克、胡萝卜 50 克、猪瘦肉 100 克、
花生油 10 克、盐 2 克）。

睡前 梨 200 克。

每日 2 次服用环孢素时，配苏打饼干 1 块、脱
脂奶粉 8 克。

（2）肾移植术后肾功能不全时的饮食调养：肾移植
后由于各种排斥反应或肾供血不足、环孢素的毒性反应
等种种原因，都可引起肾功能不全或肾功能恢复缓慢。
当移植肾发生功能不全时，通过合理的饮食治疗，结合
多种免疫抑制剂的应用及剂量调整等治疗方法，可减轻
移植肾的负担，又可使其得到较好的营养支持，保障患
者在使用大剂量免疫抑制剂时，安全渡过感染关。

肾移植后发生肾功能不全，饮食治疗的主要矛盾是
蛋白质的供给。既要考虑大剂量免疫抑制剂抗排斥反
应，引起蛋白质分解加强、合成抑制，患者处于严重的
蛋白质缺乏状态，临床可出现低蛋白血症、腹水等，又
要考虑减轻移植肾的负荷，因此蛋白质的供给量必须结
合病情，根据临床症状和化验结果，及时恰当地给予调整。

1）肌酐正常：当血肌酐达 135 微摩尔/升，每日摄
入蛋白质的量应谨慎掌握，根据病情可给予优质高蛋白
低盐饮食，即以动物蛋白为主。

2）肌酐偏高：当血肌酐为 160～180 微摩尔/升临
床高值时，一般不给高蛋白饮食。如病人有低蛋白血
症、腹水时，必须在监测血肌酐的前提下，谨慎使用高

蛋白饮食，或在忌豆制品、低盐饮食的基础上，采用静脉补充白蛋白或血浆，以提高血浆白蛋白水平，减轻组织水肿，也可经口服或静脉两者同时补充。

3）肌酐增高：血肌酐在 180～300 微摩尔/升时，不宜食用高蛋白饮食，以避免增加移植肾负荷，导致肾功能进一步恶化，影响肾功能恢复。一般给高热能优质蛋白低盐饮食，蛋白质每日按1.0～1.2克/千克体重供给，热能按 35～45 千卡/千克体重供给。

4）肾功能差：当血肌酐大于 300 微摩尔/升时，则应采用高热能优质蛋白麦淀粉低盐饮食，减少植物蛋白质的摄入，保证供给利用率高、吸收好的必需氨基酸。在急性排斥反应时，应尽量减少精氨酸的摄入，以降低急性排斥反应。每 100 克大米含有精氨酸 554 毫克，富强粉为 412 毫克，而麦淀粉仅为22.86毫克。在正确服用免疫抑制剂的前提下，根据"以脏补脏"的原则，用猪肾加麦淀粉饮食，可大大减少食物中精氨酸的含量，减轻急性排斥反应。在应用猪肾期间，应定期测定血脂、尿酸，监测其演变情况，一旦肾功能好转，应及时停用猪肾，以免发生其他副作用。若出现高胆固醇、高尿酸血症，应酌情停止食用猪肾。

5）维持性血透：如果肾功能差，需采用维持性血透，每周 2～3 次，蛋白质的供给量为每日1.0～1.2克/千克体重；若进行间歇性腹透，则蛋白质供应量为1.2～1.5克/千克体重，其中优质蛋白占 60%～70%。最好能说服病人接受麦淀粉饮食治疗，每日 1～2 次，有利于肾功能恢复。

（3）肾移植术后并发肝炎的饮食调养：肾移植后由

于免疫抑制剂的常规应用及冲击疗法，部分患者出现不同程度的肝功能损害，表现为转氨酶升高、黄疸、厌油、腹胀和食欲减退，有的可以没有明显的临床表现，经保肝治疗及调整免疫抑制剂的用量，肝功能可恢复正常。药物性肝炎的饮食治疗原则，目前主张采用优质高蛋白、高维生素、适当碳水化合物和低盐饮食。

优质蛋白质利用率高，吸收好，产氨少，能促进肝细胞的修复。高维生素饮食、适当碳水化合物对中毒的肝细胞有保护作用，有利于肝炎的恢复。饮食宜选择清淡、易于消化、胀气少的食物，不宜吃高脂肪及高胆固醇的食物。应戒酒，定期测定肝功能，必要时测定凝血酶原时间，一旦酶活性降低，胆红素升高，发生严重肝坏死，必须限制蛋白质的食入量。

（4）肾移植术后并发药物性糖尿病的饮食调养：肾移植术后并发药物性糖尿病应遵循以下饮食治疗原则：①总热能充足。②限制蛋白质的摄入。③适当提高碳水化合物的量。④忌食含胆固醇丰富的食物。⑤食谱中含铁质的食物要增加。⑥供应含丰富维生素 C 的食物。⑦根据病情控制钠与钾的摄入。⑧低磷饮食。⑨水、液体出入平衡。

肾移植术后的 3～6 个月内发生药物性糖尿病者，应供给高生物价的优质蛋白，如牛奶、鸡蛋、瘦肉类、禽类及鱼类等，忌用豆类及其制品，包括植物蛋白高的面制品。如肾功能在正常范围内，每日蛋白质在术后前期为1.2～1.7克/千克体重，恢复期为1.3～1.5克/千克体重，长期为1.0～1.2克/千克体重，可食少量豆类及其制品，每日应少于 50 克。若肾功能不正常者，则主食以麦淀粉为主，蛋白质按每日0.6～1.0克/千克体重供给，忌用豆类及其制品，尽量少食含磷丰富的食物。

（5）肾移植术后急性排斥反应致肾功能不全的饮食调养：肾移植术后急性排斥反应所致肾功能不全饮食应采用麦淀粉做主食，每日 100～200 克，配用猪肾 100 克或 1 只，疗效显著。

（6）肾移植术后慢性肾功能不全的饮食调养：肾移植后发生慢性肾功能不全与慢性肾功能衰竭饮食治疗原则相同。

五、透析患者的饮食调养

营养管理在治疗疾病的过程中占有非常重要的地位。终末期肾衰患者的许多症状来源于营养不良；很多尿毒症引起的代谢障碍可影响患者的营养状况……尽管透析治疗进行得比较理想，但饮食管理仍然是透析患者每日治疗过程中不可忽视的环节。

（一）透析患者营养不良的原因

1. 与透析有关的因素

（1）透析不充分：透析疗法可清除毒素，纠正代谢性酸中毒及电解质紊乱。透析后患者胃肠症状减轻或消失，食欲改善。但如果透析不充分，症状不能消除，营养状况无法改善且日渐加重，甚至会死于恶液质。

（2）透析消耗：许多研究表明，多种营养物质如葡萄糖、氨基酸、水溶性维生素及血浆蛋白质等可从透析液中丢失。血液透析每次约丢失氨基酸及肽类 10～30 克，同时伴有各种水溶性维生素及微量元素（如锌）的丢失；腹膜透析每日约失蛋白质 9 克，如并发腹膜炎则丢失量可增加 2～3 倍以上，腹膜透析每日丢失氨基酸及肽类 4～6 克。长期透析丢失又未能及时补充则可引起营养不良。

（3）透析的不良反应：年迈患者透析过程中易发生恶心、呕吐及低血压，影响患者在透析日食欲降低，营养物质摄入不足，长期则出现消瘦、体重下降、肌肉消耗等营养不良现象。

2. 营养摄入减少

终末期肾衰患者常常伴有消化不良、恶心、呕吐等症状。虽然这些症状因开始透析治疗而得以改善，但常不能完全恢复。血液透析本身常可诱发恶心、呕吐，这是由于经过透析后体内液体及电解质情况迅速改变而引起（称为失衡综合征）。透析患者胃排空延迟，常常加重食欲减退的症状，透析当天尤为显著，影响了蛋白质的吸收；进行非卧床腹膜透析患者常有腹部饱胀感，因此减少了进食量，加上透析液中葡萄糖的持续不断的吸收，一定程度上也影响了食欲。根据长期观察，透析病人摄入热能远较同龄正常人为低。

3. 尿毒症并发病的消耗

终末期肾衰患者常可发生一些并发症。例如比较常见的血管通路感染、腹腔内感染，可造成高分解代谢及体内蛋白质、脂肪储存量下降，引起负氮平衡。此外心血管疾病、肺水肿，胃肠道疾病如溃疡病等，这些并发病常可影响食欲，严重时可发生代谢消耗增量，导致负氮平衡，使营养情况恶化。服药过多以及药物的副作用使患者摄入营养物质不足，如并发肾性贫血时口服补铁剂、并发骨病出现高磷血症口服铝磷或钙磷结合剂，均可降低食欲，引起恶心、呕吐。

4. 尿毒症病人的特异性营养障碍

尿毒症患者常常出现胰岛素抵抗，因此导致糖耐量障碍，这些诱发高三酸甘油血症。其他内分泌功能障碍如甲状腺、甲状旁腺、生长激素等异常，常引起尿毒症患者的营养不良。

5. 其他因素

尿毒症患者的精神抑郁、厌生或社会经济问题等亦可使患者摄入的营养物质不足。

（二）透析患者对食物营养的需求

透析患者的各种饮食成分每日需要量均较非尿毒症的慢性肾衰患者为高，需补充透析丢失量才能使患者维持良好的营养状态，尽快康复及恢复工作。

表 19　透析患者各种饮食成分每日需要量

成分	非尿毒症 慢性肾衰患者	血液透析者	腹膜透析者
蛋白质	0.8 克/千克体重	1.2～1.5 克/千克体重	1.2～1.5 克/千克体重
热能	125.5 千焦/千克体重 （30 千卡/千克体重）	146.4 千焦/千克体重 （35 千卡/千克体重）	146.4 千焦/千克体重 （35 千卡/千克体重）

续表

成分	非尿毒症慢性肾衰患者	血液透析者	腹膜透析者
蛋白质	15%～20%	15%～20%	15%～20%
碳水化合物	55%～60%	55%～60%	55%～60%
脂肪	20%～30%	20%～30%	20%～30%
胆固醇	300～400 毫克	300～400 毫克	300～400 毫克
聚不饱和/饱和脂肪酸比	1.5∶1.0	1.5∶1.0	1.5∶1.0
粗纤维	10 克	20～25 克	20～25 克
钠	2～6 克	1 克＋2 克/每日尿量(升)	1～4 克＋2 克/每日尿量(升)
钾	2～6 克	2 克＋1 克/每日尿量(升)	3 克＋1 克/每日尿量(升)
水	随需要	1 升＋1 升/每日尿量(升)	1.0～2.5 升＋1 升/每日尿量(升)
钙	0.8～1.2 克	1.0～1.5 克	1.5～2.0 克
磷	1.0～1.8 克	0.6～1.2 克	0.6～1.2 克
镁	0.35 克	0.2～0.3 克	0.2～0.3 克
铁	10～18 毫克	硫酸亚铁 900 克	10～18 毫克

注：按本表数据进行计算时需取理想体重。

理想体重的计算公式：男性(千克)＝身高(厘米)－100，女性(千克)＝身高(厘米)－105。

由于腹透时，易流失水溶性维生素，腹透患者尤应防止日常膳食中发生维生素缺乏，如水溶性维生素 B_1、维生素 B_2、叶酸、维生素 C 等的缺乏。叶酸、维生素 B_6、维生素 B_{12} 与预防贫血及动脉粥样硬化有关。腹透患者每日所需水溶性维生素量如下：维生素 B_1 10～20 毫克，维生素 B_2 18 毫克，维生素 B_6 5 毫克，维生素 B_{12} 3 微克，维生素 C 100 毫克，烟酸 20 毫克，泛酸 5 毫克，叶酸 1 毫克，锌 5～20 毫克，硒 60 微克，铜 1 毫克，维生素 D 200 国际单位。

（三）透析患者营养不良的
饮食调养原则

1. 总则

（1）加强对透析患者的营养管理：对慢性透析患者进行营养管理至关重要，可改善患者的营养状态、增强免疫力、减少感染发病率、减少各种并发症的患病率、降低死亡率，使患者早日康复。对透析患者进行宣教，讲解营养要求，调查患者的饮食习惯及各种营养成分的摄入量，帮助患者合理安排饮食，制定个体化的饮食治疗方案。

（2）补充营养物质：摄入高蛋白、高必需氨基酸食品（如鸡蛋、奶制品、鱼、家禽类、瘦肉类等）、高热能食物（如油煎食品、植物油）、新鲜水果、蔬菜等富含维生素及微量元素的食物，避免高磷及高钾饮食。

血液透析患者每日热能供给为 35 千卡/千克体重，每日饮食中蛋白质的量应根据透析的频繁程度而定。每周血透 2 次，每次 4～5 小时，蛋白质的量应按每日 1.2 克/千克体重供给，其中优质蛋白质占 50% 以上。每日可给牛奶糊 250～500 毫升、鸡蛋 1～2 个，还可结合病人口味适当增加鱼类、肉类、家禽类等动物蛋白质。不宜选用干豆类及豆制品、硬果等含非必需氨基酸高的食物。若每周血透 3 次，每次 4～5 小时，蛋白质的量应按每日1.5克/千克体重供给，其中优质蛋白质占50％以上。选择食物与每周血透2次的情况相同。若每周血透1次，每次5～6小时，优质蛋白质按每日0.6克/千克体重供给。透析前一天可以不限制饮食，蛋白质量按每日1.0克/千克体重供给。

碳水化合物量每日应大于300克。饮食中的脂肪和胆固醇量应适当控制，每日饮食中的脂肪总量以50～60克为宜，包括食物本身所含的脂肪及烹调用油，其中植物油为20～30毫升。食用盐的供给可根据尿量、血压和水肿情况而定，用量可以适当放宽。维生素可用新鲜蔬菜和水果补充，也可以口服维生素 B_1、维生素 B_2、维生素 C 及叶酸等。钾、磷的供给根据血中钾、磷的含量而定。

（3）控制水分的摄入：饮水量应根据病人的丢失量来限制，血透一次可减少体内水分2 500毫升，每周透析2次的少尿或无尿的病人应控制饮水量，以防止每日食入的水过多；每周血透3次的病人或虽然每周血透2次但无少尿的病人，饮水量可不严格限制。

为了不使水分摄入过多，要对盐分的摄取进行控制。如果感到口渴，说明血液的渗透压在上升，因为盐分可使血液渗透压上升。渗透压的大小是由分子数决定的，食盐虽然分子量很小，但少量的盐可起大作用。因为食盐在体内被水稀释后会分离成钠离子和氯离子，一个离子与一个分子所起的作用是一样的，因此食盐对渗透压会成为原来的两倍，使渗透压不断上升。维持透析的患者可能认为多摄取一点食盐，可依靠透析而去除，这种想法是非常危险的。

一般来说，透析对渗透压的改变规律是透析后渗透压先进入最低值，然后不断上升，至第二次透析前达到最高。这是由于透析过程中使体内废物通过透析而排出体外。但值得注意的是口渴与渗透压同时存在的状态，在透析之后不会马上感到口渴，在 24 小时后才会不断感到口渴，因此为了不使水分摄入过多，在没在感觉口渴时应尽量控制水分摄取，而在口干舌燥时再摄取水分，这样才能避免水分摄取过多所造成的高血压、水肿、心力衰竭。

2. 血液透析患者饮食调养原则

血液透析患者的饮食，应根据患者的不同情况及每周透析次数，按以下原则进行控制。

（1）每周透析 2 次：蛋白质每日1.2克/千克体重，脂肪每日 50～80 克，钾每日 1 300 毫克以内，食物中的水分控制在每日 800 毫升左右，热能每日 40 千卡/千克体重。

食盐及饮水量：①无尿患者：食盐每日 3 克，饮水量（包括饮料）每日控制在 100 毫升以内。②少尿患者：食盐每日 4 克，饮水量每日控制在 200 毫升以内。③尿量在 500 毫升以上者：食盐每日 5～6 克，饮水量每日控制在 400 毫升以内。

（2）每周透析 3 次：蛋白质每日1.5克/千克体重，脂肪每日 50～70 克，钾每日在 1 600 毫克以内，食物中的水分控制在每日 1 000 毫升左右，热能每日 40 千卡/千克体重。

食盐及饮水量：①无尿患者：食盐每日 5 克，饮水量（包括饮料）每日控制在 100 毫升以内。②少尿患者：食盐每日 6 克，饮水量（包括饮料）每日控制在 400 毫升以内。③尿量在 500 毫升以上者：食盐适当增加，饮水量每日控制在 500 毫升以内。当患者发热或天热出汗较多时饮水量可适当增加。

●举例

血液透析患者身高 165 厘米，体重 57 千克，热能 2 100 千卡。根据每周血液透析次数安排饮食。如表 20 所示。

表 20　血液透析患者饮食安排范例

食物名称	每周血透次数		
	1	2	3
蛋白质（克）	36	60	84
大米（克）	100	250	250
面包（克）		70	85
麦淀粉（克）	210		
牛奶（毫升）	250	220	350
鸡蛋（中等大，个）	1	1	2
猪肉（克）	30	45	90
鱼（毛重，克）		100	150
黄瓜（克）	150	150	150
蔬菜（克）	100	150	150
水果（中等大，只）	2	2	2
藕粉（克）		30	
白糖（克）		25	10
蜂蜜		30	10
烹调用油		30	30

3. 腹膜透析患者饮食调养原则

(1) 腹膜透析患者应依据实际情况摄入营养素：除了按腹膜透析患者对食物营养的需求补充各营养素外，还应注意避免摄入高胆固醇的食品，如脑、鱼子、蟹类、动物内脏等。

当肾功能减退时，体内钾便容易积聚而引起肌肉瘫痪、心跳减慢，甚至心跳停顿，严重者可导致死亡。腹透患者每日摄入钾 1 600 毫克，以防高血钾。一般腹透患者可以不限钾摄入，但不宜从水果、蔬菜中摄入过多的钾。

(2) 腹透期间要合理安排每日的饮食：①粮食类：200～250 克。②蔬菜水果类：选择瓜果中低钾、低磷的品种 300～400 克，如冬瓜、佛手瓜、金丝瓜、黄瓜、大白菜、洋葱、绿豆芽、草莓、梨、苹果等。③牛奶或酸奶：1 瓶（200～250 毫升）。④蛋：1 个（约 50 克）。⑤鱼、肉：100～150 克。⑥黄豆或豆制品：黄豆 40 克（相当于豆腐 100 克）。高血磷者少食。⑦调味品：油25 克，盐 3 克，糖小于 25 克（糖尿病患者用甜味剂）。

（四）透析患者营养不良的
饮食调养方案

对终末期肾病患者进行饮食治疗非常重要，其目的是补足患者的每日的营养需要量，而又不增加这些营养物质分解代谢后终末产物的排出量。随着肾脏病的发展，肾脏的内分泌功能亦逐渐减退，饮食管理虽不能完全纠正这些内分泌异常，但可在一定程度上改善内分泌异常。透析疗法开始后，可以解除多进饮食的矛盾，但营养成分又可从透析液中丢失。因此对透析开始前的患者和透析开始后的患者的营养管理应有不同。透析病人可从透析液中丢失蛋白质及氨基酸，因此必须在饮食中增加蛋白质摄入量。每日蛋白质摄入量应在1.0～1.2克/千克体重，能量摄入应在33～35千卡/千克体重，这些进食量才能足以保持患者维持正氮平衡。但若透析开始时患者已有严重的营养缺乏，虽然透析已充分，但患者仍持续存在营养不良状态。如不能进食，则应在透析结束前从静脉补给氨基酸和蛋白质，维持一个阶段后才可予纠正。若患者食欲尚佳，则应鼓励病人增加食物中蛋白质的量，每日1.5克/千克体重。

1. 血液透析患者饮食方案

● 例一

早餐　馒头：面粉100克。

豆浆250克，红腐乳10克。

午餐　豌豆肉丁：猪腿肉50克，小豌豆100克，香菇2克，食用油10克，姜2克，食用盐1克。

鸡毛菜蛋汤：鸡毛菜100克，草鸡蛋50克，芝麻油5克，味精1克，盐1克。

米饭：粳米100克。

晚餐 芹菜香干丝：芹菜 200 克，豆腐干 50
克，食用油 10 克，白砂糖 5 克，味精
1 克，盐 1 克。

木耳鱼丸汤：木耳 2 克，青鱼 75 克，
食用油 5 克，味精 1 克，盐 1 克。

米饭：粳米 100 克。

水果：梨 100 克。

热能1 641千卡，蛋白质67.49克，脂肪55.53
克，碳水化合物 227.87 克，纤维素 8.73 克，钙
196.74毫克，铁14.20毫克，锌8.08毫克，硒23.83
微克，铜1.48毫克，锰4.98毫克，镁254.89毫克，
钠2 087.83毫克，钾1 411.87毫克，磷1 002.69毫
克，维生素 E 42.98 毫克，维生素 B_1 1.57 毫克，
维生素 B_2 0.85 毫克，维生素 C 35.69 毫克，烟酸
26.06毫克，胆固醇317.33毫克，水715.43毫升。

●例二

早餐 香菇面：挂面 100 克，香菇(鲜)15 克，
竹笋 20 克，小葱 2 克，食用油 5 克，
胡椒粉 1 克，榨菜 20 克，盐 1 克。

午餐 肉末炖蛋：猪肉（肥瘦）50 克，鸡蛋
50 克，味精 1 克，盐 1 克。

炒塌棵菜：塌棵菜 200 克，虾皮 5 克，
食用油 9 克，盐 1 克。

米饭：粳米 100 克。

晚餐 糖醋鲳鱼：鲳鱼 75 克，木耳 2 克，食
用油 7 克，姜 1 克，小葱 2 克，酱油 5

克，白砂糖5克，醋2克。

油豆腐菠菜粉丝汤：油豆腐25克，粉
丝20克，菠菜25克，芝麻油5克。

米饭：粳米100克。

水果：苹果100克。

热能1 848千卡，蛋白质59.50克，脂肪59.45
克，碳水化合物268.69克，纤维素8.35克，钙
169.89毫克，铁12.69毫克，锌7.27毫克，硒39.56
微克，铜1.44毫克，锰4.56毫克，镁164.58毫克，
钠2 149.18毫克，钾1 295.66毫克，磷884.57毫
克，维生素E 34.31毫克，维生素B_1 1.44毫克，
维生素B_2 0.93毫克，维生素C 136.98毫克，烟酸
14.11毫克，胆固醇299.17毫克，水438.87毫升。

● 例三

早餐 蛋糕：面粉100克，牛乳227克。

午餐 黄焖鸡：鸡50克，鸡肝10克，马铃薯
100克，食用油5克，黄酒2克，一级
酱油2克，白砂糖2克，盐1克。

拌芹菜：芹菜100克，胡萝卜10克，
芝麻油8克，味精1克，盐1克。

米饭：粳米100克。

晚餐 清焖鲜蚕豆：蚕豆200克，食用油10
克，味精1克，盐1克。

鱼末豆腐羹：青鱼50克，木耳2克，
内酯豆腐100克，食用油7克，淀粉2
克，味精1克，盐1克。

米饭：粳米100克。

水果：芦柑100克。

热能1 861千卡，蛋白质65.99克，脂肪54.05克，碳水化合物277.53克，纤维素6.08克，钙359.37毫克，铁15.21毫克，锌8.28毫克，硒30.64微克，铜2.71毫克，锰3.89毫克，镁230.9毫克，钠1 975.64毫克，钾1 754.02毫克，磷1 096.56毫克，维生素 E 38.08毫克，维生素 B_1 1.32毫克，维生素 B_2 0.89毫克，烟酸20.92毫克，胆固醇169.10毫克，水687.34毫升。

●例四

早餐　果酱馒头：面粉50克，果酱20克。

绿豆粥：大米50克，绿豆50克，白糖5克。

午餐　青菜肉片：青菜200克，猪瘦肉50克，食用油10克，味精1克，盐1克。

丝瓜蛋汤：丝瓜100克，草鸡蛋50克，芝麻油4克，味精1克，盐1克。

米饭：粳米100克。

晚餐　清蒸带鱼：带鱼75克，食用油5克，食盐1克，葱、姜适量。

焖扁豆：扁豆200克，木耳2克，食用油10克，味精1克，盐1克。

米饭：粳米100克。

水果：苹果100克。

热能1 912千卡，蛋白质73.41克，脂肪50.80

克，碳水化合物290.25克，纤维素13.73克，钙302.77毫克，铁20.03毫克，锌9.97毫克，硒50.08微克，铜2毫克，锰4.52毫克，镁248.29毫克，钠1 921.43毫克，钾1 866.23毫克，磷1 007.52毫克，维生素E 38.95毫克，维生素B₂ 0.86毫克，维生素C 118.96毫克，烟酸29.46毫克，水644.20毫升。

●例五

早餐 馒头：面粉50克。

甜牛奶：牛奶127克，白砂糖5克。

午餐 炒苋菜：苋菜200克，植物油7克，味精1克，盐1克。

炒素鸡：素鸡60克，茭白50克，灯笼椒50克，植物油10克，味精1克，食盐1克。

紫菜鱼丸汤：紫菜2克，青鱼5克，芝麻油2克，味精1克，食盐1克。

米饭：粳米100克。

晚餐 蘑菇肉片：鲜蘑菇50克，猪瘦肉100克，植物油10克，食盐1克。

芹菜拌干丝：芹菜100克，豆腐干50克，芝麻油10克，味精1克，食盐1克。

米饭：粳米100克。

水果：香蕉100克。

热能1 868千卡，蛋白质77.7克，脂肪58.38克，碳水化合物257.94克，纤维素6.80克，钙328.63毫克，铁12.37毫克，锌9.84毫克，硒18.07

微克，铜1.66毫克，锰4.47毫克，镁263.14毫克，钠1 745.66毫克，钾1 558.19毫克，磷1 081.29毫克，维生素 E 37.08毫克，维生素 B_1 2.1毫克，维生素 B_2 1.20毫克，维生素 C 53.16毫克，烟酸27.71毫克，胆固醇376.16毫克，水654.29毫升。

●例六

早餐 香菇面：挂面 100 克，鲜香菇 20 克，香豆腐干 25 克，毛笋 20 克，植物油 5克，味精 1 克，食盐 1 克。

午餐 红烧羊肉：羊肉 50 克，白萝卜 50 克，植物油 5 克，酱油 2 克，白砂糖 2 克。

炒塌棵菜：塌棵菜 200 克，植物油 6克，味精 1 克，食盐 1 克。

米饭：粳米 100 克。

晚餐 红烧青鱼块：青鱼 75 克，植物油 5 克，酱油 2 克，食盐 1 克。

油面筋炒菠菜：菠菜 150 克，木耳 2克，油面筋 25 克，植物油 4 克，味精1 克，食盐 1 克。

米饭：粳米 100 克。

水果：苹果 100 克。

热能1 718千卡，蛋白质62.82克，脂肪38.38克，碳水化合物280.44克，纤维素8.80克，钙146.88毫克，铁14.16毫克，锌9.75毫克，硒19.09微克，铜1.78毫克，锰 5 毫克，镁236.11毫克，钠1 903.67毫克，钾1 314.46毫克，磷980.13毫克，维生素 E 43.69 毫克，维生素 B$_1$ 1.5 毫克，维生素 B$_2$ 0.63 毫克，维生素 C 193.13 毫克，烟酸 27.86 毫克，胆固醇 107.48 毫克，水 619.87 毫升。

●例七

早餐　大排面：挂面 100 克，猪大排 50 克，鸡毛菜 50 克，植物油 7 克，味精 1 克，食盐 1 克。

午餐　荠菜木耳炒蛋：荠菜 100 克，黑木耳 2 克，鲜香菇 15 克，草鸡蛋 50 克，植物油 10 克，味精 1 克，食盐 1 克。

蘑菇豆腐汤：鲜蘑菇 50 克，内酯豆腐 150 克，芝麻油 2 克，味精 1 克，食盐 1 克。

米饭：粳米 100 克。

晚餐　茄汁鱼片：青鱼 75 克，番茄 50 克，植物油 10 克，味精 1 克，食盐 1 克。

素什锦：灯笼椒 50 克，木耳 2 克，茭白 100 克，素鸡 30 克，芝麻油 6 克，食盐 1 克。

米饭：粳米 100 克。

水果：苹果 100 克。

热能 1 710 千卡，蛋白质 63.25 克，脂肪 49.67 克，碳水化合物 252.57 克，纤维素 9.30 克，钙 224.22 毫克，铁 16.44 毫克，锌 7.0 毫克，硒 19.93 微克，铜 1.88 毫克，锰 4.74 毫克，镁 224.96 毫克，钠 2 012.26 毫克，钾 1 528.969 毫克，磷 857.54 毫

克，维生素 E 39.9毫克，维生素 B₁ 1.46毫克，维生素 B₂ 0.9毫克，维生素 C 103.61毫克，烟酸29.41毫克，胆固醇316.94毫克，水648.25毫升。

2. 腹膜透析患者饮食方案

●例一

早餐　果酱面包＋甜牛奶：面包100克，果酱20克，牛奶227克，白糖10克。

午餐　米饭：粳米100克。

菜心肉片：青菜心150克，肉片50克，胡萝卜50克，植物油10克。

木耳蛋汤：黑木耳（干）2克，鸡蛋50克，芝麻油2克，味精1克，低钠盐1克。

晚餐　米饭：粳米100克。

清蒸鳊鱼：鳊鱼75克，花生油5克，小葱1克，姜1克，低钠盐1克。

荠菜豆腐羹：荠菜100克，豆腐150克，植物油10克，淀粉2克，味精1克，低钠盐1克。

水果：苹果200克。

热能1 818千卡，蛋白质70.14克，脂肪51.51克，碳水化合物268.47克，纤维素7.9克，钙552.29毫克，铁16.56毫克，锌9.02毫克，硒17.95微克，铜1.45毫克，锰4.28毫克，镁225.6毫克，钠1 396.37毫克，钾1 701.02毫克，磷1 024.57毫克，视黄醇当量993.24微克，维生素 E 34.97毫克，维生素 B_1 1.92毫克，维生素 B_2 1.10毫克，维生素 C 138.92 毫克，烟酸13.62毫克，胆固醇332.17毫克，水800.27毫升。

●例二

早餐 馒头：面粉50克。

粥：粳米50克。

豆奶：250克。

猪肉松：20克。

午餐 青椒肉片：灯笼椒100克，猪瘦肉50克，花生油10克，味精1克，盐1克。

丝瓜豆腐汤：丝瓜100克，豆腐100克，芝麻油5克，味精1克，盐1克。

米饭：粳米100克。

晚餐 炒苋菜：苋菜200克，花生油9克，大蒜1克，味精1克，盐1克。

木耳鱼丸汤：青鱼75克，木耳2克，麻油5克，淀粉1克，味精1克，盐1克。

米饭：粳米100克。

水果：甜瓜200克。

热能1 658千卡，蛋白质62.65克，脂肪45.60克，碳水化合物249.21克，纤维素7.26克，钙122.02毫克，铁14.20毫克，锌7.94毫克，硒15.34微克，铜1.08毫克，锰4.31毫克，镁172.89毫克，钠1 628.40毫克，钾1 331.78毫克，磷822.62毫克，维生素 E 40.33毫克，维生素 B_1 1.67毫克，维生素 B_2 0.57毫克，维生素 C 127.09毫克，烟酸

27.71毫克，胆固醇138.5毫克，水896.26克。

●例三

早餐 大饼：面粉50克。

油条：面粉50克。

甜豆浆：豆浆250克，糖10克。

午餐 柿椒塞肉：猪肉50克，灯笼椒100克，花生油5克，酱油2克，味精1克，盐1克。

韭菜炒豆腐干丝：韭菜100克，豆腐干10克，木耳5克，花生油10克，味精1克，盐1克。

米饭：粳米100克。

晚餐 清蒸马鲛鱼：马鲛鱼75克，花生油5克，黄酒2克，盐1克。

丝瓜炒蛋：丝瓜200克，草鸡蛋50克，花生油10克，味精1克，盐1克。

米饭：粳米100克。

水果：葡萄100克。

热能1 897千卡，蛋白质68.27克，脂肪66.06克，碳水化合物257.16克，纤维素9.74克，钙194.93毫克，铁13.93毫克，锌7.35毫克，硒46.08微克，铜1.59毫克，锰4.81毫克，镁274.78毫克，钠1 006.48毫克，钾1 349.61毫克，磷994.17毫克，维生素 E 38.41毫克，维生素 B_1 1.74毫克，维生素 B_2 0.76毫克，维生素 C 77.68毫克，烟酸14.40毫克，胆固醇296.44毫克，水794.36克。

●例四

早餐 馒头：标准粉50克。

甜牛奶：牛奶225克，白砂糖5克。

卤鸡蛋：草鸡蛋50克。

猪肉松20克。

午餐 豆芽肉丝：猪肉松75克，绿豆芽100克，花生油8克，味精1克，盐1克。

炒豆苗：豌豆苗200克，花生油7克，味精1克，盐1克。

米饭：粳米100克。

晚餐 冬笋木耳鸡片：笋50克，木耳2克，蘑菇（鲜）100克，花生油10克，盐1克。

荠菜豆腐羹：内酯豆腐150克，荠菜100克，麻油25克，淀粉3克，盐1克。

米饭：粳米100克。

水果：苹果100克。

热能1 958千卡，蛋白质75.04克，脂肪53克，碳水化合物294.66克，纤维素10.69克，钙539.9毫克，铁21毫克，锌11.48毫克，硒21.69微克，铜2.01毫克，锰5.01毫克，镁228.03毫克，钠2 229.33毫克，钾2 133.19毫克，磷1 027.05毫克，维生素E 44.53毫克，维生素 B_1 1.55毫克，维生素 B_2 1.41毫克，维生素C 230.09毫克，烟酸17.12毫克，胆固醇148.44毫克，水987.59克。

●例五

早餐 香菇菜包：面粉100克。

豆浆250克。

午餐 青椒肉片：尖青辣椒100克，猪瘦肉50克，木耳2克，花生油10克，味精1克，盐1克。

酸辣菜：卷心菜150克，胡萝卜50克，芝麻油5克，辣椒酱1克，醋2克，白糖2克，盐1克。

米饭：粳米100克。

晚餐 葱油鲫鱼：鲫鱼75克，花生油7克，酱油2克，味精1克，盐1克，葱适量。

紫菜鹌鹑蛋：鹌鹑蛋50克，紫菜2克，花生油5克，味精1克，盐1克。

米饭：粳米100克。

水果：芦柑100克。

热能1 580千卡，蛋白质66.36克，脂肪42.42克，碳水化合物233.31克，维生素13.87克，钙397.07毫克，铁16.64毫克，锌9.21毫克，硒30.08微克，铜1.47毫克，锰4.14毫克，镁227.84毫克，钠2 166.11毫克，钾1 603.48毫克，磷836.88毫克，维生素 E 34.46毫克，维生素 B_1 1.56毫克，维生素 B_2 0.82毫克，维生素 C 175.78毫克，烟酸11.16毫克，胆固醇329.79毫克，水885.24克。

●例六

早餐　豆沙粽：糯米 100 克，豆沙 100 克，白糖 5 克。

豆浆 250 克。

午餐　红烩牛肉：牛肉（瘦）50 克，红萝卜 50 克，洋葱 50 克，黄酒 2 克，酱油 2 克，白砂糖 2 克。

香菇炒青菜：青菜 100 克，香菇(鲜)15 克，花生油 10 克，味精 1 克，盐 1 克。

米饭：粳米 100 克。

晚餐　青椒鱼丝：青鱼 50 克，灯笼椒 100 克，花生油 7 克，味精 1 克，盐 1 克。

白菜粉丝汤：白菜 100 克，粉丝 3 克，芝麻油 4 克，味精 1 克，盐 1 克。

米饭：粳米 100 克。

水果：香蕉 100 克。

热能 1 796 千卡，蛋白质 59.97 克，脂肪 33.84 克，碳水化合物 312.90 克，纤维素 11.41 克，钙 205.65 毫克，铁 17.80 毫克，锌 8.18 毫克，硒 16.43 微克，铜 1.58 毫克，锰 4.25 毫克，镁 162.43 毫克，钠 1 670.95 毫克，钾 1 407.06 毫克，磷 747.44 毫克，维生素 E 32.34 毫克，维生素 B_1 1.31 毫克，维生素 B_2 0.76 毫克，维生素 C 111.15 毫克，烟酸 22.98 毫克，胆固醇 285.57 毫克，水 722.47 克。

●例七

早餐　油条：面粉 50 克。

　　　　粥：粳米 50 克。

　　　　豆奶：250 克。

　　　　煮鸡蛋：鸡蛋 50 克。

午餐　花菜肉片：花菜 50 克，猪瘦肉 50 克，
　　　　花生油 10 克，味精 1 克，盐 1 克。

　　　　菜心粉丝汤：青菜 150 克，木耳 2 克，
　　　　粉丝 20 克，芝麻油 4 克，味精 1 克，
　　　　盐 1 克。

　　　　米饭：粳米 100 克。

晚餐　素什锦：豆腐干 50 克，油面筋 10 克，
　　　　香菇(鲜)15 克，竹笋 20 克，胡萝卜 50
　　　　克，花生油 10 克，味精 1 克，盐 1 克。

　　　　紫菜虾皮汤：紫菜 2 克，虾皮 20 克，
　　　　花生油 4 克，盐 1 克。

　　　　米饭：粳米 100 克。

　　　　水果：苹果 100 克。

　　热能 1 821 千卡，蛋白质 72.82 克，脂肪 48.11
克，碳水化合物 274.16 克，维生素 9.35 克，钙
342.57 毫克，铁 18.61 毫克，锌 8.96 毫克，硒 28.13
微克，铜 1.99 毫克，锰 4.93 毫克，镁 268.70 毫克，
钠 2 217.59 毫克，钾 1 567.47 毫克，磷 1 024.49 毫
克，维生素 E 38.80 毫克，维生素 B_1 1.91 毫克，
维生素 B_2 0.77 克，维生素 C 116.19 毫克，烟酸
14.30 毫克，胆固醇 246.54 毫克，水 772.75 克。

附：维生素治疗

水溶性维生素可自透析液中丢失，因此必须补充。如维生素 B_1、维生素 B_2、维生素 C，每日补给复合维生素 1 片即已足够；叶酸每日补给 10 毫克；维生素 B_6 每日补给 5 毫克即可。至于脂溶性维生素，由于不能由透析排出，故不必补充。补充维生素 A 可引起中毒症状。

微量元素对肾衰患者关系较大。如铝过多，可在脑灰质中积聚，可导致脑病综合征。铝可沉积于骨骼中可导致肾性骨病。锌可被透析排出，致使血浆锌浓度降低，如适当补充，可使性功能不全有所改善。

慢性透析患者每日维生素、微量元素需要量见表 21。

表 21　慢性透析患者每日维生素、微量元素需要量

成分	每日需要量
维生素 C	100 毫克
叶酸	11 毫克
维生素 B_1	10～20 毫克
维生素 B_2	1.7～1.8 毫克
维生素 B_6	20 毫克
维生素 B_{12}	3 微克
烟酸	20 毫克
泛酸	5 毫克
钙三醇	0.25～0.75 毫微克（个体化）
维生素 E	15 单位
维生素 A	不需增加
维生素 K	不需增加
锌	20 毫克

六、与肾脏病饮食有关的问题

肾脏病患者节假日饮食应注意哪些问题

节假日以及日常聚会等宴请极易干扰饮食，加重原有的肾脏病的病情。因此在节假日期间，应注意下列事项：①定时、定量饮食，尽量不打乱原来的饮食习惯。②选用符合肾脏病饮食要求的菜肴，如少盐、含优质蛋白质的菜肴。③进食的主食量应充足，并注意主食中植物蛋白的含量。④饮水量应按肾脏病饮食要求控制。

肾脏病患者外出就餐如何选择菜单

在进行饮食疗法的期间，原则上应在家里就餐。但有人因工作繁忙或出差在外，时常需要在外就餐，在这时患者就应遵循在外就餐的原则，这对恢复患者的健康是具有重要意义的，同时也可调节一下饮食营养的过剩或不足。

首先，在外就餐最好以大米饭配炒菜。炒菜应根据自身疾病的饮食疗法要求进行选择，菜汤应该选择符合自己饮食疗法的清汤，尽量不要选择煲汤。因为煲汤中嘌呤类及钾的成分较高，对任何肾脏病患者均不利。高热能低蛋白的饮食应首选炒饭。面类食物中应选择炒面或拌面。食用带汤料的面食时只能吃面，因其汤中包含许多盐分，因此无论面汤多么鲜美，也要尽量克制。

其次，若在外就餐以西餐为主，请避免选择牛排、烤肉、汉堡等高蛋白饮食。西餐中相对的低蛋白、高热能饮食应选择炸虾、软炸牡蛎、软炸扇贝等。色拉食物含钾量较高，对需控制钾摄入的患者是不适宜的；油炸的食品请不要蘸辣酱油或椒盐吃，避免进食过多的盐分，应以柠檬汁作调味料比较好；若患者需控制钾盐摄入，请避免饮用牛奶或苏打水，应选择美国产的咖啡奶或红茶奶。

再者，面包类食品中，猪肉三明治是高蛋白、高热能的食物；加入蔬菜的什锦三明治相对来说蛋白质少而热能较高；金枪鱼三明治或火腿三明治的盐分较高，应避免选择。

肾脏病患者能否饮酒

乙醇（即酒精）的氧化主要在肝脏，所以乙醇对人体的影响首先是对肝脏的影响。一方面，乙醇可以直接作用于肝细胞，使其中毒；另一方面，饮酒过度可以引起营养不良而继发肝硬化。虽然乙醇对肾脏的直接影响较少，但它可引起身体多种物质代谢的紊乱，从而影响和危害肾脏病患者。

乙醇对肾脏病患者主要有以下不利影响：①引起和加重高脂血症。②诱发糖尿病，并使血糖难以控制。③引起和加重营养不良，特别加重多种维生素缺乏。④加重贫血，使肾衰病人原有的贫血更加难以纠正。⑤影响肾病病人的食欲，使病人的饮食量进一步减少，难以达到饮食治疗的要求。⑥长期饮酒可引起乙醇性肝炎、肝硬化及多种脏器的损伤，使原有的疾病更加复杂。⑦饮酒可以使某些降压、降脂、降糖及免疫抑制剂的药效降低，用药量增加。

饮酒可使肾病病情难以控制。因肾脏疾病在早期就可以出现高血压和水肿，随后随着疾病的慢性化而逐渐加重，患者可出现高脂血症、贫血、糖尿病和营养不良等表现。而大量饮酒可导致人体脂类代谢的异常，加重动脉粥样硬化的形成和营养不良的发生，使高血压、高血脂及贫血更加难以控制。

饮酒时饮食治疗不严格，也是导致肾病病情难以控制的主要原因。这是因为饮酒往往干扰饮食治疗计划。饮酒时多需菜肴下酒，低盐饮食就无从谈起，低胆固醇、优质蛋白质饮食也难以达到；乙醇本身可以产热，使饮食治疗时热能的计算复杂化。所有这些都增加了饮食治疗的难度，而饮食治疗是肾病治疗的基础，没有这个基础，肾病治疗不可能取得满意的效果。

慢性肾病病人在以下情况下可少量饮酒：①肾功能正常，血肌酐在正常以下。②非肥胖病，无高脂血症，血压控制良好。③无糖尿病。④无慢性肾衰并发症。⑤不需要服用药物，包括免疫抑制剂。⑥肝功能正常。⑦只能饮用果酒、啤酒等低度酒。⑧严格按饮食治疗的要求进食。

为何要吃粗纤维食物

粗纤维食物即含各种粗纤维较多的食品。因植物类食品含粗纤维较多，故有人把进食膳食纤维通俗地简称为"吃素"。此类食品品种繁多，如绿叶蔬菜、豆类、块根类、粗谷物、水果等。各种富含纤维的食品，因在肠内不被消化酶分解，分为可溶性与非可溶性两大类。非可溶性纤维可以增强胃肠蠕动，增加大便的量，使粪便变软，容易排出，避免发生便秘，也避免了食物残渣在直肠内停留时间过长而增加有毒物质的重吸收。长期缺少纤维素的膳食，可使直肠癌的发生率增高。而可溶性纤维可以吸收胆汁酸内的胆固醇，并将其排出体外，降低血中胆固醇的水平。

粗纤维食品是现代推荐的食品，应该在每日的食谱中添加适量的纤维素。例如糖尿病病人的饮食中，除了规定的碳水化合物含量、蛋白质和脂肪的比例外，建议每日饮食中纤维素含量以不少于 40 克为宜。因为含纤维的食品除了上述优点以外，还可延缓食物吸收，降低餐后血糖高峰，有利于改善血糖。而且膳食纤维除了含有纤维素外，还有各种维生素和微量元素供吸收，有利于健康。

粗纤维食品既有以上的优点，人人都可以食用，特别对高脂血症、肥胖、糖尿病患者更为适宜。肾脏病患者多食粗纤维食品利于康复。推荐粗纤维食品，不等于要全吃素。适量的纤维素对人体是有益的，过量也有不利之处。因为大量纤维素在肠内也吸收一定量的矿物质如铁、钙、镁、锌等，随粪便排出，引起微量元素的丢失，也不利于健康。

咖喱、辣椒等食物对肾脏是否有影响

香辣料确实对盐分不足的食物有很好的作用，可让人增强食欲。但如果饮食太辛辣则会对肾脏有所影响。曾经就有因香辣料摄取过多而导致急性肾功能不全的病例。作为风味小吃，偶尔吃一些咖喱等食品倒也无妨，但像那些吃一口，口中就会辣得发烫的印度菜、泰国菜、辣白菜、川菜等食品，如果经常吃，就肯定会影响肾脏的功能。

老年肾脏病患者对饮食有哪些要求

肾功能随年龄的增长而自然减退。老年肾脏病患者不论肾功能是否正常，血肌酐是否正常，饮食治疗也是基础治疗。但是，老年肾脏病病人常常合并有其他的老年性疾病，饮食治疗相当困难。既要考虑疾病对营养成分的需要，又要考虑老年人对饮食习惯的需要。在病情允许的情况下，饮食宜粗、宜少。一方面要减少肾脏的负担，另一方面又要保证营养平衡，优质蛋白质和热能均不宜过多。体重是控制热能供给的客观指标，应按偏低的标准体重计算。主食量既要控制，不能过多，以免增加体重诱发其他老年性疾病的发生，同时又要有充足的热能供应，以免造成自身蛋白质分解，增加肾脏负担。应遵循饮食治疗的一般原则，因人而异，根据老年人的体重、肾功能情况、饮食习惯和具体条件，适当安排。

老年肾病患者除了按照成年肾病饮食治疗原则进行饮食治疗外，还应注意以下几点：①老年人热能要求比成年人低 10％～20％，应适当减少动物脂肪的摄入，并可根据体重的改变作调整，但其他营养素的摄入不应少于成年肾病患者。②饮食中应有适量的膳食纤维，以避免老年人因便秘而长期依赖通便药物。③考虑到老年人牙齿缺失及对食物的嗅觉、味觉的改变，给予经适当加工的多种形式的食物。不断改变食物的烹调形式，可适当使用汤、糊、汁形式，但要注意控制适当的饮水量。④应使老年人有一个安静、愉快的进餐环境，避免让老年人独自一人进餐。⑤老年肾脏病患者饮食中，应多进食能降低血脂、降低血压及补充钙质的食品。常见能降低血脂的食物有海带、酸牛奶、大蒜、洋葱、绿豆、山楂、绿茶、木耳、香菇、甲鱼、海水鱼等。常见能降低血压作用的食物有芹菜、胡萝卜、西红柿、荸荠、黄瓜、冬瓜、木耳、海带、香蕉、西瓜、荠菜、苹果等。

小儿肾脏病患者的饮食治疗有哪些特点

儿童患肾病时，在饮食方面，原则上给予高碳水化合物、低脂、低盐、低蛋白饮食。有浮肿、高血压和循环系统充血（心力衰竭）时，应限制钠盐的摄入，一般每日不超过 1～2 克钠盐；如果有明显的水肿和少尿，还应限制水的摄入量，但限盐的时间不宜过长，水分的限制也不宜过严；有血尿素氮升高或少尿时，才限制蛋白质的摄入量，每日 0.5 克/千克体重，待水肿消退、血压恢复正常，应逐渐过渡到正常饮食。儿童正处在生长发育期，因此低蛋白饮食不宜过长，以防造成儿童的生长发育迟缓。儿童肾病时，正常饮食中每日蛋白质含量应在 1.2～1.5 克/千克体重，若肾病综合征伴应用激素治疗，饮食中蛋白质的含量每日可按 1.5～2 克/千克体重供给，饮食中还应给予富含 B 族维生素及维生素 C 的食物。

肾炎是否一定要戒盐

有人说："肾炎不戒盐，任何药物也不灵。"这样的说法是没有道理的。盐即氯化钠。氯和钠者是血液中不可缺乏的电解质，人体是不可以没有它们的。但是，过多了也不行，多了会引起多种病状，也加重心脏的负担。因此，肾炎患者除了特殊情况，都可以食盐，每日所吃的食物中入盐少许，以适合口味为度，不可多吃盐腌的食物如咸鱼、咸菜等。如果患了急性肾炎，或出现尿量减少、水肿、高血压等情况，应减少食盐量，饮食宜偏淡。

慢性肾炎饮食有哪些宜忌

慢性肾炎的病情虽然各人不同、轻重不一，但大多数患者表现为病情长、病情进展缓慢。在这漫长的过程中，合理安排饮食对延缓慢性肾炎病情的进展是十分重要的。慢性肾炎早期肾功能尚正常，也就是说身体内新陈代谢产物的产生与排出相平衡，保持身体健康状态。这期间患者可以如正常人一样进食，不必避忌什么食物。但从有益健康的角度出发，应选择一些容易消化而富于营养的食物，少食辛辣刺激性食物和虾、蟹等容易引起过敏的食物。如果平日食后无过敏，亦可少量吃些。蔬菜、瓜果、芋头、土豆、鱼、鸡、鸡蛋、奶类宜多吃。动物内脏不宜多量或长期食用。暴饮暴食会增加肾脏的负担，加速肾脏的破坏，故强调蛋白质进食量要加以限制。如果肾功能正常，按我国小康之家的饮食水平，膳食中的蛋白质是不必严格限制的，因为普通饮食中蛋白质的量不高。当肾功能受损害时，就应限制蛋白质的进食量。饮食中不可多吃盐腌的食物，如咸鱼、咸菜等。除了尿量减少、严重水肿、高血压、心衰等情况，不必忌盐，以低盐饮食为佳。慢性肾炎肾功能正常期，与健康人一样可用煲、炖菜谱，党参北芪煲瘦肉汤，薏米芡实炖鸡（去鸡皮），沙参玉竹瘦肉汤，田七炖鸡，芡实白果煮猪腰，土茯苓煲水鱼等也可选择。

肾炎患者须绝对禁食豆类及其制品吗

豆类是一种营养丰富的食品，每 100 克中含有蛋白质36.3克，所含脂肪也不高，并不含有对肾脏有害的化学结构，食用黄豆及其制品也绝对不会引起肾炎的复发。但肾炎患者为何有少吃黄豆的说法？

肾脏病发展至肾功能衰竭后，病情尚未需要透析期间，为了减轻肾功能不全的症状，使血尿素氮的水平降低，则采用优质低蛋白饮食，配合必需氨基酸治疗。优质蛋白是指含必需氨基酸比例较高的食物，如动物肉类、蛋、鱼、牛奶等。黄豆虽然蛋白质含量较高，但必需氨基酸的比例低，以非必需氨基酸为主，不列入优质蛋白范围。在肾功能衰竭早期，主张少吃或不吃黄豆类食物。肾功能恢复正常后，身体内代谢平衡良好，排泄功能正常，不必严格限制食品的品种，不需要限制含非必需氨基酸的食品，但亦有基本要求：①不暴饮暴食，避免增加身体的负担。②不进食刺激性食物和平时有过敏史的食物，少吃烧烤类食物（并非禁忌，提倡少量），尤其是酸性食物及酒类，应尽可能避免。

血液透析后为何仍要限制饮水

血液透析是利用透析机的滤过膜，把人体血液中的新陈代谢废物及过多的水分排出去，有如肾脏排尿一样。此外，透析机还通过透析液中的成分调节体内电解质和酸碱平衡，起到代替肾脏部分功能、维持生命的作用，故有"人工肾"之称。

血液透析虽然可以代替肾脏工作，但不等于肾脏。肾脏的工作是从不间断、夜以继日的，能够随时保持人体生理上的平衡。什么时候饮水，水便什么时候进入血液循环，肾脏根据身体的需要进行分配，剩余的从尿中排出。而血液透析不是不间断地进行的，一般每周透析12～15小时，间歇分作3天执行，每日施行血液透析4～5小时；部分病人还有一定残余肾功能，每周仅透析2次；有的家居离医院较远、交通不方便的病人，为减少透析往返的麻烦，也常减为每周2次透析。这样一来，非透析的时间便很长，虽然在透析期已超滤了很多水分，但进食是每日必须的，体内的新陈代谢是不间断的。新陈代谢过程也产生内生水，在较长的时间不排尿或排尿减少，都会引起身体内水潴留，如果不限制水的饮用，水潴留会进展更快，甚至未到透析期已经支持不了。所以血液透析后，仍要求限制水的饮用。

附表 1　常用食物含水量表

食物	数量	重量（克）	含水量（毫升）	食物	数量	重量（克）	含水量（毫升）
米饭	1 碗	200	142	豆浆	1 碗	200	180
馒头	1 个	75	33	鸡蛋羹	1 碗	蛋 2 个	150
花卷	1 个	75	30	鸡蛋汤	1 碗	蛋 1 个	180
面包	1 个	50	17	橘子汁	1 碗		200
蛋糕	1 块	45	19	苹果		100	85
点心	1 块	50	7	香蕉		100	77
烙饼	100 克	100	37	梨		100	89
包子	1 个	75	51	橘子		100	87
饼干	1 片	28	2	桃		100	88
油条	1 根	50	16	西瓜		100	94
鸡蛋	1 个	40	25	西红柿		100	96
粥	1 碗	200	180	葡萄		100	88
干挂面		200	28	黄瓜		100	96
面条	1 碗	200	136	鸭蛋		100	70
饺子	1 碗	47	30	蛋鸭蛋		100	66
馄饨	1 碗	10 个	165	柿子		100	83
米汤	1 碗	200	200	松花鸡蛋		100	72
牛奶	1 碗	200	174	松花鸭蛋		100	67

附表2　每100克食物中胆固醇含量

食物	可食部(%)	胆固醇(毫克)
猪肉(瘦)	100	77
猪肉(肥)	100	107
猪脑	100	3 100
猪舌	96	116
猪肝	100	368
猪心	75	158
猪肺	100	314
猪肾	82	405
猪肚	100	159
猪大肠	100	180
猪肉松	100	163
猪肉蓉	100	202
小肚	100	58
蒜肠	100	61
粉肠	100	69
北京大腊肠	100	72
火腿肠	100	70
腊肠(广东式)	100	123
牛肉(瘦)	100	63
牛肉(肥)	100	194
牛脑	100	2 670
牛舌	95	102
牛心	83	125
牛肝	100	257
羊乳	100	34
鸡	34	117
鸡肝	100	429

续表

食物	可食部(%)	胆固醇(毫克)
鸡肫	67	229
鸡血	100	149
鸭(填鸭)	67	101
牛肺	100	234
牛肾	83	340
牛肚	100	132
牛大肠	100	148
牛肉松	100	178
羊肉(瘦)	100	178
羊肉(肥)	100	175
羊脑	100	2 099
羊舌	100	147
羊心	76	130
羊肝	100	323
羊肺	100	215
羊肾	75	354
羊肚	100	124
羊大肠	100	111
牛乳	100	13
兔	83	83
牛乳酪	100	12
牛乳(炼)	100	39
酪干	100	51
干酪	100	104
牛乳粉(全脂)	100	104
牛乳粉(脱脂)	100	28
鲤鱼	63	83
鲫鱼	59	93
鳜鱼	58	96
黄鳝	55	117
鱼肉松	100	240

续表

食物	可食部(%)	胆固醇(毫克)
鸭(普通)	50	80
鸭肝	100	515
鸭胗	87	180
鸽肉	100	110
鸡蛋(全)	88	680
鸡蛋(冰、全)	100	834
鸡蛋粉	100	2 302
鸡蛋黄	100	1 705
鸭蛋(全)	88	634
鸭蛋(咸、全)	86	742
鸭蛋黄	100	1 522
鸭蛋黄(咸)	100	2 110
松花蛋(全)	88	649
松花蛋黄	100	1 132
鹅蛋(全)	87	704
鹅蛋黄	100	1 813
鹌鹑蛋(全)	89	674
鹌鹑蛋黄	100	1 674
凤尾鱼	100	330
鳗鲡	60	186
梭鱼	56	128
大黄鱼	70	79
带鱼	72	97
鲅鱼	72	82
马哈鱼	52	86
青鱼	68	90
草鱼	58	81
白鲢	60	103
黑鲢	46	97
鲫鱼子	100	460
鳜鱼子	100	494

食物	可食部(%)	胆固醇(毫克)
墨鱼	64	275
鱿鱼(水发)	100	165
甲鱼	67	77
对虾	70	150
青虾	40	158
白虾	100	54
小虾皮	100	738
虾皮	100	608
虾子	100	896
螃蟹(全)	56	235
蟹黄(鲜)	100	466
蟹子	100	985
麻蛤	32	55
青蛤	30	180
蚬	30	454
蚶肉	100	238
螺肉	100	161
蛏肉	100	239
海蜇头	100	5
海蜇皮	100	16
海参	100	0
猪油(炼)	100	85
牛油(炼)	100	89
羊油(炼)	100	110
鸡油(炼)	100	107
鸭油(炼)	100	55
黄油	100	295
冰激凌	100	102

图书在版编目（CIP）数据

肾脏病饮食调养/舒贵扬编著. —福州：福建科学技术出版社，2002.8（2002.12重印）
（主任医师教你吃）
ISBN 7 - 5335 - 1982 - 5

Ⅰ. 肾… Ⅱ. 舒… Ⅲ. 肾疾病－食物疗法
Ⅳ. R692.05

中国版本图书馆 CIP 数据核字（2002）第 051534 号

书　　名	**肾脏病饮食调养**	
	主任医师教你吃	
作　　者	舒贵扬	
出版发行	福建科学技术出版社（福州市东水路 76 号，邮编 350001）	
经　　销	各地新华书店	
印　　刷	福建新华印刷厂	
开　　本	850 毫米×1168 毫米　1/36	
印　　张	4.222	
插　　页	2	
字　　数	98 千字	
版　　次	2002 年 8 月第 1 版	
印　　次	2002 年 12 月第 2 次印刷	
印　　数	5001－9000	
书　　号	ISBN 7-5335-1982-5/R·430	
定　　价	10.00 元	

书中如有印装质量问题，可直接向本社调换